文春文庫

クロワッサン学習塾

謎解きはベーカリーで

伽古屋圭市

文藝春秋

目次

この作品は文春文庫のために書き下ろされたものです。

扉イラスト　ｏｍｉｓｏ

ＤＴＰ制作　エヴリ・シンク

クロワッサン学習塾

謎解きはベーカリーで

第一話　ファーストコンタクトは隙間から

思わずびくりと身が竦んだ。

反射的に映画『シャイニング』を思い出す。斧で破壊した扉から男が顔を覗かせる、あの有名なビジュアルだ。

覗いていたのは男ではなく女で、扉ではなくガラス窓で、破壊したわけではなくロールスクリーンの隙間からだったが。

今日は水曜日。我がベーカリーの定休日であり、店の前面に並ぶガラス窓には目隠しのロールスクリーンがかけられている。その隙間から見知らぬ女が目を見開いて覗き込んでいたのだから、心臓が跳ね上がるってものだ。

わたしと目が合った女は、笑みを浮かべて首だけで会釈した。

愛想笑いのようなぎこちない笑みだったが、どうやら敵対者でも襲撃者でもないようで安堵する。わたしもややぎこちない笑みで会釈を返した。

かように、河端親子とのファーストコンタクトはその後の出来事を予感させるような不穏なものだった。

振り返れば、この日の学習塾で彼女たちに出会ったのがすべてのはじまりだった。諍いに巻き込まれ、胃の痛みを覚え、わたしを大いに悩ませた出来事の。

けれどこの件は、自身ではじめた答えの見えない旅路の、思索を深める転機、一歩を踏み出すきっかけともなった。だからわたしは感謝している。

この親子に出会えたことを。

「それでは本日の、ええと、今年初めてだね、クロワッサン学習塾をはじめます。今年もよろしくお願いします」

すぐさま三人の塾生から「よろしくお願いします」と声が返ってくる。

すでに三学期もはじまってしばらく経ち、「あけましておめでとう」という時期でもないので、いつもどおりの挨拶に「今年も」を付け加えるに留めておいた。

「お父さん――」息子の真司（しんじ）が発言する。「今日はとくに宿題もないんだけど。なにやったらいい？」

「だったらよくわからないところの復習でもいいし、それがないなら予習でもいいし」

　ベーカリーが定休日となる水曜日、イートインのスペースを利用してわたしは無料の学習塾を開いている。

　当塾では原則として全員に同じ勉強を、一方的に教える授業形式は取っていない。個人の状況に合わせてこちらから提案することもあるし、自由に宿題などをやってもいい。時間を決めて集まってはいるものの、あくまで〝個人学習の場〟みたいなものだ。

「いまさらそんなこと聞いてんの？」

　一條茉由利（いちじょうまゆり）が気怠（けだる）そうな顔で真司に向けて言い放つ。

　真司とクラスは違うが同じ小学四年生の子だ。昨年七月にこの塾をはじめるきっかけとなった少女であり、真司とともに初回から参加している。

「わかってるけどさ。いちおう確認だよ、確認」

「そんなにお父さんと話したいんだ」

「意味わかんないし」

　ふたりのやり取りをわたしは微笑（ほほえ）ましく見守った。殺伐（さつばつ）とはしているが、まるで会話のなかった初期のころに比べれば仲が深まったとも取れる……はずだ。たぶん。

「まあまあ――」と取りなしたのは真司と同じクラスの飯田隆之介。「新年なんだし仲よくいこうよ」

大人びた表情と言い回しで苦笑いしたあと、わたしに向けてつづける。

「黒羽さん、ぼくは社会のつづきをお願いします」

「うん。焦らずじっくりいこう」

「はい、よろしくお願いします」

そう言って頭を下げた隆之介の声と表情に、わずかな陰りを感じた。思うように学習の遅れを取り戻せていないことに、不安を感じているのかもしれない。

社会の教科書を開きながら、隆之介が思い出したように告げる。

「ここって、やっぱりパンの匂いがするじゃないですか」

なにを言い出したのかと一瞬戸惑うも、「まあ、そうだね」と答えた。

今日は休業日なので棚に商品はひとつも並んでいないけれど、やはり香ばしい匂いは店の隅々に染み込んでいる。もっともわたしはこの香りが日常になりすぎていて、パンの匂いがするなと感じることはほとんどなかったが。

「パンの匂いが嫌いな人ってあんまりいないと思うんですよ。落ち着くし。勉強するには意外といい環境かもしれないです」

「その発想はなかったな」わたしは大声で笑った。「なるほどね。そのうちパンの匂いを嗅ぐたびに、勉強したくなるかもしれない」

「それは困る！」と真司が叫ぶ。「そしたらパンまで嫌いになるよ！」

イートインが笑いに包まれるなか、茉由利もまたこっそり笑っているのをわたしは見逃さなかった。

クロワッサン学習塾をはじめてもうすぐ半年。隆之介が加わって一ヵ月ほど。子どもたちにとって少しは居心地のいい場所になってきたかなと、わたしは嬉しく思う。

緑の多い住宅地にはほとんど車の音も届かず、鉛筆が紙をこするかすかな音だけが耳に届く。ロールスクリーン越しの午後の陽光が、店内を暖かく満たしていた。

「小数の割り算でも難しく考える必要はなくて、やり方としては整数の筆算と同じなんだ。小数点の位置だけを気をつけて——」

算数の宿題に苦戦していた茉由利へアドバイスを送る。

三人の様子を順番に見ながら、質問に答えたり、勉強を教えたりするいつもの光景。

神奈川県は三浦半島、横須賀市に隣接する、ほどよい田舎の地方都市に『クロハ・ベーカリー』はあった。山と海が近く、穏やかな町の住宅街にあるベーカリーはおかげさまで地元住民に愛され、のみならず週末には遠く東京から訪れるお客さんもいるくらいだ。

とくに当店のクロワッサンは知る人ぞ知る商品であり、パン愛好家のあいだではそこそこに有名だったりする。

すべてはこの店を開業した父、黒羽康太郎の努力によるものだった。物価高騰の世の中で、我がベーカリーでも苦渋の決断ながら値上げをしつつも、なんとかやっていけているのはこの店のパンを愛してくれるお客さんのおかげだ。

大学を卒業後、わたしは東京で小学校の教員を十年以上務めてきた。しかしさまざまな理由から昨年度末で教職を辞し、妻の心美とも別々の道を歩むことになった。息子の真司とふたりで実家に戻ってくると、わたしは父に弟子入りし、ここクロハ・ベーカリーで働きはじめたのである。

そして昨年七月から、店の定休日を利用して小さな学習塾をはじめることになった。『クロワッサン学習塾』という名称は、わたしの名前「黒羽三吾」からつけられたものである。

教育とはなにか――。

教員時代から考え、悩みつづけてきたテーマである。この学習塾は、その答えを見つける旅の出発点になるんじゃないかと予感していた。

「さて――」わたしは両手を叩いて軽快な音を響かせた。「ちょっと早いけど、今日はここまでにしようか」

久しぶりだったし、いつもより子どもたちの集中力が欠けているのを感じていた。こういうときは無理にだらだらやらないほうがいい。

「もしよかったら、こちらを食べてってよ」

わたしは籐籠に入れておいたパンを取り出した。塾終わりには余ったパンを子どもたちに振る舞うのが恒例となっている。

「もちろん！」と叫んだのは真司。茉由利と隆之介は礼儀正しく「ありがとうございます」と言って手を伸ばした。手に取るなり茉由利が言う。

「すごく黒っぽい。それに硬い」

「ライ麦パンだよ。黒パンとも言うね」

「すごくずっしりしてますね」と隆之介。「ライ麦でパンがつくれるんですか」

「これは百パーセントではないけどね。ドイツはライ麦を使ったパンが主流でね。ところでシュトレンって知ってる？　シュトーレンって言い方のほうが定着したのかな」

「あっ、はい。うちも毎年クリスマス前に食べるようになりました。母が毎年買ってきます。今年はどの店にしようかって選ぶのが楽しいみたいで」

茉由利に目を向けると、ふるふると首を振る。

「なんとなく聞いたことはあるけど、食べたことはない。お母さん、行事とかあんまり興味ないし」

「そっか。今年はぜひ当店のシュトレンを」と小さく笑う。「で、そのシュトレンもドイツのパンだよ」

「あ、そうだったんですね」と隆之介は驚いた。

「うちも毎年シュトレンには力を入れてるんだ。シュトレンもずいぶん浸透してきたし、ドイツ繋がりでライ麦のパンを置いてもいいかなってことになってね」

嫌らしい話だが、シュトレンはパン屋にとって大変ありがたい存在なのだ。つくるのに手間暇はかかるものの、かなり単価を上げられるし、日持ちするので在庫リスクもほとんどない。

東京の店に負けないよう毎年少しずつ趣向を変化させつつ、贅沢(ぜいたく)につくっている。おかげで毎年買ってくれる常連さんや、遠方からわざわざ買いにきてくれるお客さんも増えてきた。

「ライ麦パンはたしかにちょっと硬いけど、これがまたいいんだ」

言いながらわたしもひとつ手に取った。

実際はラグビーボールのような形状のまま販売しているのだが、いまは厚めにスライスしている。なかに入ったレーズンとドライアプリコットが断面を彩っていた。

硬いライ麦パンを口に含み、しっかりと嚙みしめた。この食感がたまらないし、嚙めば嚙むほどライ麦特有の香りと味わいがひろがってくる。かすかに酸味があるのも特徴で、レーズンやアプリコットの甘みと交わることでさらにそれぞれの旨みが増していく。

ライ麦パンの感想など子どもたちと雑談を交わしているとき、ふと視線を感じて顔を上げた。

ロールスクリーンの隙間から店内を覗く瞳と目が合い、あやうく悲鳴を上げそうになる。鼓動を早めた心臓を宥めつつ見やれば、相手はどうやら三十代から四十代の女性。

わたしに見つめられた彼女は愛想笑いというか、引き攣り気味の笑みを浮かべて首だけで会釈をした。サスペンスなら事件の幕開けを告げるシーンだが、幸い彼女のかたわらには小学生らしき子どもの影が見える。

この学習塾の見学だろうか――。そんなふうに考えながら、わたしもまたぎこちない笑みで会釈した。

「このたびはわざわざお時間を取っていただき、誠にありがとうございます」

先ほどまで真司が使っていた席に腰かけ、予期せぬ訪問者――河端真理子は深々と頭を下げた。顔を上げるや否や息子に促す。

「ほら、頼人もちゃんとお礼を言いなさい」

「あ、えっと、ありがとうございます」

取って付けたようなお礼に微笑みつつ「いえいえ、そんな大したことではないですから」と答える。

彼女とガラス越しに目が合ったあと、子どもたちに断って店の外で話をした。予想どおり、彼女のお目当てはクロワッサン学習塾だった。

すぐにパンタイムを終えて子どもたちを帰し、同じイートインを使って河端親子と話をすることにしたのである。

「頼人さんを当塾に通わせたいと、そういう理解でよろしいですか」

「そうですそうです!」

真理子は首がもげそうな勢いで縦に振る。

「この塾のことは、どなたから?」

「ええ、ええ」と理由もなく再び強くうなずく。「頼人が飯田隆之介くんから教えてもらったそうで。その話を聞いて、まさに頼人が必要としているのは、このクロワッサン学習塾さんではないかとすぐに思ったわけです」

そうでしたか、とうなずきつつ、「クロワッサン学習塾さん」はずいぶん言いにくそうだなと思う。

河端頼人が真司や隆之介と同じクラスであることはすでに聞いていたし、帰り際に息子たちに確認もしていた。

真理子は小学四年生の母親としては若い印象で、髪は肩にかかる程度で長くも短くもなく、大きな目が印象的な女性だった。着ていたコートも、その下のワンピースも安物にはない品のよさがあり、若作りと感じさせないセンスのよさもあった。少なくとも生活に追われている雰囲気ではない。

一方で息子の頼人は、裕福な子の印象とはかけ離れていた。自由人っぽい無造作な髪型もそのひとつだ。受け答えにはぶっきらぼうさがあり、ちょっと拗ねたような顔つきをしている。彼自身は塾通いに乗り気じゃなさそうだ。

習い性というか、つい癖で相手の分析をしたあと、これまたいつもどおり先入観を持ちすぎるのはよくないなと自重する。

「では、当塾でどのような勉強をお望みなのでしょうか。頼人さんの現状を含めて教えていただけるとありがたいのですが」

　べつに審査や面接といったものではなかった。

うちの塾はそんな偉そうなものではないし、イートインは四席なのでまだひとつ余っている。入塾を希望するのであれば基本的には受け入れるつもりだった。とはいえ、塾の方針を勘違いされているとトラブルの元になるし、当人や親がなにを望んでいるのか明確なほうがこちらとしてもやりやすい。

　そんな軽い気持ちで尋ねたのだが、真理子はまるで就活生の面接のように表情を引き締め、背筋を伸ばした。

「じつは頼人は一部の教科がからっきしダメなんです。とくに算数や理科ですね。国語はまだましですが、そのほかでも、とくに覚えなきゃいけないものがダメで」

でも！　とひときわ大きな声を上げ、顔を近づけてくる。

「けっして勉強のできない子じゃないんです。興味のあることに関してはすごく記憶力がいいですし。ただ、その、なんというか……」

言い淀み、自身の手もとに視線を落とす。

「本人のやる気といいますか。わたしがどれだけ言っても聞いてくれなくて……。完全に置いていかれてますので、個別に、熱心に見てくれるところじゃないと難しいかなと考えていて。そんな折に、この、クロワッサン学習塾さんのことを伺って。ここなら頼人もやる気を見せてくれるんじゃないかと。いかがでしょうか。頼人の勉強をぜひ見てほしいんですが」

彼女を落ち着けるように笑顔でうなずいた。

頼人を見やる。彼は居心地悪そうに、なにもない店の隅(すみ)をじっと見つめていた。

「いまお母さんが言ったことは、だいたい本当かな」

こちらに一瞬だけ目を向け、再び虚空を見つめる。

「うん、まあ、だいたい」

「勉強は、嫌い？」

「嫌いというか、あんまりやりたいとは思わないというか」

「だよね」わたしは小さく笑った。「勉強を進んでやりたい子はあんまりいないよね。勉強をやる意味がわからない、って感じ？」

なんのために勉強するのか——。

多くの子がいちどは覚える疑問だ。

以前も一條茉由利に、さらには茉由利の母親にも尋ねられ、自分なりの答えを伝えた。

けれどそれが絶対の正解だとはわたし自身思っていない。「教育とはなにか――」に通じる、難しい問いかけだ。

「えっと、うんと……」頼人は悩んだ様子で、考えながら言葉をつづける。「勉強をやる意味はわかってるんだけど、わかったうえであんまりやる気がしないというか」

珍しい子だな、と思う。

同時に、彼はけっして理解力が低いわけではなさそうだと思う。あまり使いたくはない言葉だが、いわゆる〝やればできる〟ってやつだ。〝やる〟ことも能力のひとつなので、おかしな言い回しではあるのだが。

きっと母親もそれを感じ取っているんだろう。先ほど声を強めて「できない子じゃないんです」と主張したのはけっして親の欲目ではなさそうだ。

すみません、とわたしは真理子に声をかけた。

「少しだけ席を外してもらってもいいですか。頼人さんとふたりで話がしたいんです。すぐに済みますから」

彼女は逡巡（しゅんじゅん）する様子を見せたが、「わかりました……」と弱々しく言って立ち上がった。店外に出たところ、扉の前で待ってもらう。イートインは店の奥で、扉からの距離もあるので会話が聞かれることはないだろう。

戻ってきて、再び頼人のそばに腰かける。彼はやや緊張の面持ちながら、今度はわたしのほうをちゃんと見てくれた。

最も聞きたかった質問を投げかける。

「お母さんに気を遣うことなく、きみの本音を聞きたいと思ってる。ぶっちゃけ、クロワッサン塾に通いたい？　イエスかノーでもいいし、その中間の曖昧な答えでもいいよ。自分の気持ちに正直に、思うがままに答えてくれたらいいから」

頼人は戸惑った様子を見せたあと、考え込むように目を細めて床を見つめた。ゆっくり答えを待つ。

やがて観念したような表情で彼は口を開いた。

「イエスかノーかで言えば、ノーに近いと思う。ただ、それでお母さんが満足するなら、通ってもいいかなって。週一だし、飯田もいるし」

真司より隆之介と仲がいいのだなと思う。真司曰く、隆之介はなにげにコミュ力が高く、顔も広いらしい。

「ここには通うけど、やっぱり勉強はしないつもりかな。お母さんへのアリバイ的にとりあえず通う的な」

頼人は答えず、困ったような眼差しで窓にかかるロールスクリーンを睨みつける。

「念のために聞かせてくれるかな。けっして叱っているとか、諭しているとかじゃないから。勉強ができず、テストで点数を取れないことに、べつに焦りはない？　なんとかしたいとは思っていないってこと？」

変わらず窓を見つめたまましばし考え込む仕草を見せたあと、彼はしっかりと答えてくれた。

「うん。あんまり思ってない。べつにいまのままでいいかなって。でも、お母さんが不安がるのもわかる。だから、まあ、とりあえずこの塾に通って、勉強するふりはしてもいいかなって」

思わず笑いがこぼれた。どうやら彼は大人のようだ。

いまの言葉が紛れもない彼の本音だろうし、それを率直に語ってくれたことは嬉しかった。

そして、わたしは彼を受け入れようと決断した。

「オッケーわかった。ありがとう。じゃあ、お母さんを戻して、クロワッサン塾に受け入れるってことを伝えてもいいよね。付け加えて『この塾に入ったからといって、当人の意に反して無理やり勉強させることはわたしにもできません。努力はしますが、その点だけはあらかじめご了承ください』って感じで答えようかと思ってる。それでかまわないかな」

天井に一瞬目をやったあと、頼人は無表情で小刻みにうなずいた。

ほぼ彼の意を汲んだ返答だから否やはないだろう。

実際、やる気がない子どもに勉強させる魔法はわたしだって持っていない。

無理やりやらせるのがいいことだとは思わないし、罰則——たとえばテストの点数が悪いとお小遣いを減らす、など——を設けるのはもってのほか。本質的に体罰と変わらず、教育効果としてもマイナスでしかない。

逆に褒美を与えるやり方——たとえばテストで何点取れたらなになにを買ってあげる、のような——も残念ながら正しいとは言えない。一時しのぎにはなるだろうが、学びの本質からずれている。罰則を与えるのと同じ悪影響が懸念される方法だ。

けっきょく、本人が「勉強する意味」に納得し、自ら望んでやる以外に正しい学びは身につかない。学びの報酬はあくまで「新しい知識を得ること」であり、それによって「自分の人生が豊かになること」なのだ。

その後、わたしは真理子を呼び戻し、先ほど言ったとおりのことを伝えた。

クロワッサン学習塾に入れる事実と、本人のやる気次第という変わらぬ現実に、彼女は複雑な表情を浮かべていた。それでも、まるで当塾が最後のよすがのように、何度も「よろしくお願いします」と言って息子とともに帰っていった。

彼女の期待に応えられるかどうかは正直わからない。

ただ、わたしはこの河端頼人という少年に少なからず興味を覚えていた。

勉強にやる気を見せない子どもは少なくない。というか、自ら積極的に勉強する子のほうが少数派だろう。しかし、ほかの多くの子が抱く「勉強なんてめんどくさいことやりたくない」とは少しばかり違う匂いを彼からは感じていた。

その匂いの正体を突き止めたい、という興味だった。

クロハ・ベーカリーのすぐ脇に建つ、青い屋根の一軒家。

そこが我が黒羽家の住まいである。

店主であり父である康太郎と、わたし、真司の男三人、三世代での生活である。そして黒羽家での料理番はわたしが務めていた。

ふだんはベーカリーの仕事を少し早めに上がって料理の支度をするため、あまり時間はかけられない。けれど店が休みとなる水曜日は、学習塾が終わってからでも夕食までには余裕がある。というわけで今日は久しぶりに豚の角煮(かくに)をつくってみることにした。

迎えた夕食。渾身(こんしん)の豚の角煮を見て、康太郎も真司も小さく歓声を上げてくれた。手間暇かけてつくった甲斐があったというものだ。父もまだ若いので、やはり「肉！」な料理は我が家では受けがいい。

全員で「いただきます！」と唱和したあと、お手製の角煮にさっそく箸(はし)を伸ばした。肉はやわらかすぎず適度な弾力と歯ごたえがありつつも、口のなかで溶けるような絶妙な煮込み具合。甘辛いタレがしっかり染み込んで、嚙むごとに肉の滋味とタレの複雑な味わいが絡み合い、ひろがっていく。我ながら絶品の豚の角煮だ。

「うん、旨い！」と康太郎も絶賛だ。「家でこんな旨い角煮が食えるとはなぁ。母さんはこういう料理はあんまりつくらなかったからな」

「ああ、たしかにそうかもね」

料理をはじめたのは小学校の教員となって数年経(た)ってからなので、母に教わることもなく、ほぼ独学だった。いまとなっては母から料理を学んでおきたかったと思うのだが、それはもう叶わぬ望みだ。

母は一昨年突然倒れ、そのまま帰らぬ人となった。わたしが教職を辞して実家に戻ってきたのは、ひとりとなってしまった父のそばにいてやりたい、という気持ちもあったように思う。

「そういやさ——」ひとつ目の角煮をペロリと平らげたあと真司が聞いてくる。「河端くんはけっきょくなんだったの。塾に通うの？」

呼び方からして、同じクラスではあるけれど友達グループではないのだなと察せられる。

「そういや伝えてなかったな。うん、いちおう来週から通うことになると思う。よろしく頼むよ」

「うーん、でもほとんど話したことないんだよね。隆之介はそこそこ仲いいみたいだけど。ていうかあいつは誰とでも仲いいし」

「これを機に、仲よくなれるかもしれないぞ」

「もう三学期だし」

「五年生でも同じクラスになるかもしれないじゃないか」

「四分の一だよ」

おっ、と感心する。確率の概念を正しく理解し、計算できている。

「じゃあ、河端頼人と、さらに隆之介とも同じクラスになる確率は？」

「わかんないって」

　さすがにそこまでは無理か。

「河端くんはともかく」と真司はつづける。「隆之介と別のクラスになったら嫌だなぁ。それがいまから心配」

「また新しい出会いもあるしな。それにほんとに気が合う友達とは、クラスが分かれてもつづくもんだよ」

「そんなもんかな……」

　真司は暗い声で言う。

　不安に思う気持ちは理解できた。転校してきていちばん最初に仲よくなったのが隆之介で、いちばんの親友でもあるのだ。別々のクラスになってしまえば、やはりこれまでとは関係性が変わってくる。

　とはいえクラス替えばかりは避けようがなく、運を天に任せるしかない。決めるのは教員なんだけど。

「それはそうとさ――」空気を変えるために明るい声を出す。「頼人は、どういう感じの子？」

「え？　だから、そんな仲よくないから知らないって」

「それでも、もう九ヵ月いっしょのクラスなんだし、それなりには知ってるだろ」

「うーん――」難しい顔をしながらふたつ目の角煮を箸で摑む。「なんか飄々(ひょうひょう)としてるイメージはあるかなー。騒いでるとことか、大声上げてるとことか見た記憶がない。べつに浮いてる感じでもないけど、友達と騒ぐより、ひとりでいるのが好きなタイプ。そんなイメージ。わかんないけど」

なるほど。今日の第一印象からもかけ離れてはいない。

「勉強はどうなんだろ」

「そこまで知らないよ。なんかできそうな雰囲気は――あ、いや、違う。思い出した。なんかすごくひどくて、先生に呼び出されたことがあった気がする。算数のテスト、だったっけ」

やはり母親の言葉どおり、算数など一部の教科は学習が遅れているようだ。

「そうか。ありがとう」

副菜であるほうれん草のおひたしを味わいながら考える。旬のこの時期のほうれん草は安いうえに、ビタミンなど栄養もたっぷりだ。

頼人の人となりはなんとなく摑めてきた。ひとまず算数に絞って彼の学力を見極めたうえで、勉強にやる気を見せない原因を探っていくしかないだろう。時間はかかるかも知れないが、けっきょくそれが早道となるはずだ。

「そうそう――」真司が思い出したように言う。「たしか河端くんってめちゃくちゃ歴史が好きだったはず」

「歴史？」とすかさず尋ねたのは康太郎だった。「歴史ってどのへんだ。やっぱり戦国か？　最近の子は三国志とかはどうなんだろうな」

康太郎もそこそこ歴史好きだったなと思い出す。歴史小説だか時代小説だかも、よく読んでいる。

「さあ、詳しくは知らないけど、社会かなにかの授業でさ、昔の話になったとき、このへんを治めてた武将とか、この町の歴史とか、難しいことをすごく知ってて。あとで隆之介から、すごく歴史に詳しい奴だって聞いた」

「そうか。戦国だけじゃなく、近世にも通じてるのかもしれんな。ほんとに歴史が好きなんだろうな」

康太郎は感心したふうに何度もうなずいた。

「なにがおもしろいんだろ」

「おもしろいぞぉ。真司もいちど読んでみるといい」

「や、ぼくはいいよ」

にべもない息子の返答にほうれん草を噴き出しそうになりつつ、「歴史か……」と独りごちる。

本当に好きなものがあれば、それが勉強の意欲を高める取っかかりになるかもしれない。たとえば算数でも歴史を絡めた問題をつくることはできそうだし、興味を抱くきっかけにできそうだ。

頼人の初回の方針はおおむね固まった。

まずは算数に絞って彼の学力を見極めること。そして歴史好きは事実かどうか、事実ならばどの分野が好きなのかを確認すること。この二点だ。

それを踏まえて今後の方針を考える。

あとはちゃんと来てくれるかどうかだな、と思いつつ、わたしは再び豚の角煮に箸を伸ばした。何個目でも、やっぱり絶品である。

初めて河端頼人が参加するクロワッサン学習塾の日がやってきた。

わたしはたいてい開始の三十分以上前にはイートインに来て、パソコンで事務作業をしている。用事があれば気軽に休んでいいし、遅れてきてもぜんぜんかまわないよと伝えるくらいにはゆるい塾だ。

だから子どもたちが来るのはほとんどがぎりぎりの時間なのだが、なんらかの事情で早めに来る子もいるかもしれない。寒い冬や暑い夏に外で待たせるのも申し訳ないし、やるべき事務作業は常に溜まっている。

席に座って会計ソフトとにらめっこをはじめてほどなく、入口の鐘の音が鳴った。

おや、と少し驚きつつ顔を上げると、そこにいたのは飯田隆之介だった。ぺこりと頭を下げ、近づいてくる。

「こんにちは。今日はずいぶん早いね」

開始時刻まで二十分以上ある。

こんにちは、と挨拶を返す隆之介の様子には、ふだんにはない緊張が感じられた。嫌な予感を覚え、わたしは生つばを呑み込んだ。きっとなにかを伝えるために早めにやってきたのだと感じる。

隣のテーブルに鞄を置いて、コートを脱ぎかけたところで彼はピタリと止まった。そしてコートを着たままこちらに向き直る。

「あの、じつは、黒羽さんに言わなきゃいけないことがあって」

心苦しそうな声音だった。わたしは居住まいを正して無言でうなずいた。

「四月から、五年生になるタイミングで転校することになったんです」

「転校――!?」

裏返り気味の声でわたしは叫んだ。まるで想像すらしていなかった展開で、まっさきに思い浮かんだのは真司のことだった。

彼が隆之介と同じクラスになる確率は0パーセントになってしまった……。

わたしの心も痛んだが、努めて冷静さを保つ。

「お父さんの、仕事の関係とか、かな」

「いえ、それとはぜんぜん関係なくて……」隆之介は一瞬言い淀んだあと、決意を込めた声で言う。「ぼくが、決めました。ディスレクシアの、関係で。東京に引っ越すことに」

ディスレクシア――。

日本語では識字障害、読み書き障害と呼ばれるものである。生まれついての脳の性質として、文字の認識が著しく困難になる状態のことだ。隆之介は、そのディスレクシアだった。

そのこと自体を両親や教師はおろか、本人もずっと気づいておらず、おかげで学校の勉強がずいぶん遅れてしまっていた。この塾には昨年の十二月から通うようになり、遅れた学習を取り戻しているところだった。

「ディスレクシアは病気とは違うので、治療という言い方は変なんですけど、ディスレクシアの子どもの指導とか、支援とかを熱心にしてくれてる施設というか、お医者さんが東京にいて。お父さんとも何度か会ってて――」

隆之介は自分の言葉で一生懸命説明してくれた。

提案したのは両親からだったようだ。ディスレクシアを改善するため、克服するため、よりよい環境の整った東京へ引っ越さないかと。

この町は田んぼしかない田舎ではないが、よく言って〝ほどほどの地方都市〟である。自然も豊かで、生活するにはよい環境でも、ディスレクシアというまだまだ日本では馴染みの薄い障害を持つ人を適切に指導、支援してくれる施設や人物を見つけるのは難しいはずだ。

そういったことは専門家にまかせるしかなく、この塾でもディスレクシアに関する指導はせず、あくまで遅れた学習を取り戻す手助けをしているだけだった。

隆之介は両親と話し合いをつづけ、来年度から東京に住むことを決断したようだ。

「ぼくがディスレクシアだって気づいてくれたのは黒羽さんですし、ずっとお世話にもなってて。これまで相談しなかったのは申し訳なかったんですけど、決断が鈍ってしまうような気がして、ごめんなさい……。ぼくはこの町が好きだし、この塾も好きだったし」

彼にとってはこの町が生まれ故郷だ。東京へ、見知らぬ土地へ引っ越すのは不安も大きかったに違いない。それでも彼は決断した。

「あやまる必要なんてないさ！」わたしは本心から明るく言えた。「すばらしいと思うよ。その決断をきちんと下せたことがすばらしいと思う。ぼくも真司も、たしかにすごく寂しくなると思う。でも、それが自分にとっていちばんいいことだと判断したわけだし、ご両親もその決断を後押ししてくれたんだよね。ぼくもそれがベストな選択だと思う。お父さんお母さんだって東京への引っ越しは大変だし、おいそれと実行できることじゃない。それだけきみのことを考えてくれてるってことだ。すばらしいご両親だし、感謝しなきゃな」

彼がディスレクシアと気づき、その話を両親にしたとき、このふたりなら必ず隆之介を支えてくれると確信した。まさか引っ越しまで考えるとは思わなかったが、最善の環境を求めるならば必要なことだったに違いない。

「ありがとうございます……」

照れたように、ちょっと泣きそうな声で隆之介は言った。

「あらためて、お父さんお母さんもいっしょに、ちゃんと説明と、これまでのお礼をすることになると思います。でもその前に、ぼくの口から直接、黒羽さんに伝えたくて」

「その気持ちだけでおなかいっぱいだよ。ちなみに、真司とか、学校の友達にはもう伝えたの？」

「あ、いえ、まだ……。学校の先生には両親から話をすることになってますけど、まだクラスメイトには伝えないようにお願いするつもりで」

「自分の口から言いたい、ってことか」

彼はこくりとうなずいた。

「まだちょっと先だし、タイミングを見て言うつもりです」

そうか、とわたしは微笑んだ。

この事実を真司が知ったときを思うとつらくなるが、乗り越えなければならないことでもある。前向きな事情だから、きっと彼も理解し、応援するはずだ。

話を終えて隆之介が席に着いたところで、ふと思い出して尋ねる。

「そういやさ、今日から河端頼人さんが参加するのは知ってる？」

「ああ、はい。学校で彼から聞きました」

「歴史好きだと真司から聞いたんだけど、本当？」

力強く隆之介はうなずく。

「すごいです。ガチの歴史オタですよ」

「歴史の、どういう分野が好きとかはあるの？」

「やっぱり戦国武将とかが好きみたいですね。でもわりと幅広くて、江戸時代とか、幕末とか、そのへんもけっこう詳しいですよ」

「新選組とか？」

「ですね。そのへんもかなり好きだったはずです」

「そっか。ありがとう」

そういう気質があるってことは、きっと興味を持って勉強すれば身につくはずだ。それをうまく活かせればいいんだが。

隆之介との会話が終わってほどなく、開始十分前というじつに模範的な時間に頼人はやってきた。さすがに今日はひとりきりだ。同伴しようとした母親を彼が全力で拒否した、というストーリーがありそうだが確かめるほどでもない。ともあれ、無事に来てくれたことに安堵した。

出欠を取るわけでもないし、次からはもっとぎりぎりでいいよと伝えつつ、クロワッサン学習塾の基本的なやり方を説明する。

そのあいだに茉由利と真司もやってきて、全員が揃った。

いつもどおりはじまりの挨拶をおこない、ほかの三人は自主学習を進めてもらって、再び頼人のそばに向かう。

「あと細かい話だけど、原則として塾生は下の名前を呼び捨てにしてるんだ。いいかな?」

「はぁ、べつにぜんぜんいいですけど、なんでですか」

「さん付けだとどうしても距離感が生まれるしね。ここはざっくばらんな場にしたいと思ってるし。だからぼくに対しても、べつに敬語を使う必要はないから」

先日初めて会ったときはくだけた口調だったが、今日は丁寧語を使っている。講師と塾生という立場から自然とそうなったのか、母親からきつく言われてきたのか。

「わかりました」

まだ引きずっているけれど、彼ならすぐに自然な口調になりそうだ。

「で、ここでどんな勉強をするかは自分で決めてオッケー、とさっき説明したけど、今日だけは学力の確認をさせてもらってもいいかな。いちおうお母さんとの約束もあるしね。テスト形式だけど、あくまで学習の到達度を見たいだけだから点数はつけないし、肩の力を抜いてやってくれたらいいから。あ、科目は算数に絞ってる」

頼人は少し嫌そうな顔をしたけれど、表情以上の抵抗は見せずこの点も了承してくれた。

小二から、小四の二学期くらいまでの問題を並べた算数のテスト用紙を渡す。勘で答えることはせず、わからないところは素直に空欄のままで、ともお願いしておいた。

三十分もかからず、彼は「終わりました」と手を上げた。

通路に置いた椅子に腰かけ——イートインの椅子とは別に、持ち運びしやすい小さな椅子を用意するようにしていた——テスト用紙をざっくり確認する。

正解を数えるまでもなく、後半は壊滅的状況なのがすぐにわかった。なにしろほとんどが空欄だったからだ。問題の量と比較して、解答を終えるのがずいぶん早かったのも納得である。

理解できているのはぎりぎり小二までだろうか。小三の問題になると理解していない単元が増えはじめ、小四になるとほぼお手上げの状態だった。

とはいえ、あくまで現状確認が目的である。算数などは学習がこれくらい遅れるケースもけっして珍しいものではない。

頼人が不安や劣等感を覚えないよう、けっして顔をしかめたり、暗い顔をしたりしないように務めた。

「ありがとう。だいたい摑めたと思う」テスト用紙を伏せて、テーブルの上に戻した。

「ぼくは親ではないし、学校の先生でもないし、絶対に叱らないし、嫌なこと、やりたくないことを強制もしないと約束する。頼人が親に聞かれたくないだろうなってこともけっして伝えない。だから気楽に、素直に答えてほしいんだけど、算数は嫌い？」

彼はパチパチと二回ほどまばたきをしたあと、うーん、と顔をしかめて中空を見上げた。彼自身どう答えるべきか悩んでいるようだ。

「嫌い、ではないかな。好きでもないけど。嫌いでも好きでもなくて、どうでもいいって感じ」

なるほど、とわたしは妙に感心して心中でうなずいた。感情のままに嫌いと切り捨てるのではなく、こんな勉強してもしょうがないと理屈を捏ねるでもないところに、彼の気質が現れているような気がした。

「どうでもいい、ってのは〝算数なんて勉強しても意味がない〟ってのとは違うってことだよね」

「まあ、そうかな。算数がどれだけ大事な勉強かは知ってる。でも、ぼくは興味ないし。やりたい人だけやればいい」

「たしかにね」思わず笑みをこぼす。「中学高校の数学なんて全員が学ぶ意味はないと思うし、学んだとしても実際ほとんどの人が忘れて、勉強した意味を活かせてないしね。でも小学四年生くらいまでの算数は基礎の基礎だし、こればっかりはきちんと身につけていたほうが将来的に楽だとは思うけどね」

「楽？」頼人は首をひねる。

「細かい計算は日常的にすることだからね。分数的な思考も、意外とふだんの生活のなかに出てくるものだよ。もちろん仕事でも。いちいち電卓で計算するのは煩わしいし、正確じゃなくて大雑把な答えでいいってケースも多い。そういうとき、簡単な計算の訓練は積んでおいたほうが楽だよ。人生は長いしね。基本的な計算のやり方、分数などの考え方、図形や単位などの知識をまるで持ってないと、やっぱりいろいろ困ることも多いし」

「じゃあ、必要だと思ったときに勉強するよ」

再び笑みがこぼれた。それはそれでひとつのやり方かもしれない。

むしろ、それがひとつの理想かもしれない。勉強は、自分が必要と思ったときにやればいい、というあり方。ただ、悲しいかな世の中の仕組みはそんなふうにはできていない。

「その考えを否定する気はないよ。ただ、どっちにしろやらなきゃいけないなら、いまのうちから少しずつやっておいたほうがいいんじゃないかな。それに必要のあるなしにかかわらず、テストでいい点が取れるように勉強をしておかないと、進学の面ですごく不利になる。

いい高校やいい大学に行く気はない、という考えも尊重するし、それもひとつの生き方だと思う。でも、そういう生き方はすごく選択肢が狭くなるし、いろいろ大変なのも事実だよ。なるべく選択肢はひろげておいたほうがいいとぼくは思う。どうだろう？」

頼人は不満そうな顔で壁の一点を見つめていた。

いまの言葉が彼に届いたかどうかはわからないが、いまは答えを求めないほうが得策だと判断する。押しつけがましくなってしまっては逆効果だろう。

「ところでさ――」明るい声で、一転して雑談だとわかる口調で語りかける。「歴史が好きだってことを聞いたんだ。どういうのが好きなんだい」

やや警戒する様子ながらも答えてくれる。

「うん、まあ、戦国武将とか、好きかな」

「そこは王道だよね。とはいえ、ぼくはそんなに詳しくなくてさ。どういうところがそそられるの？」

これは事実で、だからこそ知ったかぶりは避ける必要があった。

「そういうの、よく聞かれるんだけど困るんだよね。おもしろいものはおもしろいからとしか言いようがなくて」

「そっか。でも武将ってびっくりするほどキャラが立ってるじゃない。それはやっぱり魅力のひとつかなとは想像できるんだけど」

「まあね。それがすべてじゃないけど」

「あと、人間ドラマのおもしろさとか？」

「わかってんじゃん。すごい複雑だし、難しくもあるんだけどさ、わかってくるとどんどんおもしろくなるんだよね。人質に取ったり取られたり、きょうだいとか家族を平気で罠に嵌めたり、殺したり。ほんとむちゃくちゃだよ」

「敵味方の構図もおもしろいし、それがまた一筋縄ではいかないしね」

「そうそう！」頼人の声に興が乗ってくる。「味方だと思ってた人間が突然寝返ったり」

「そういう過去の経緯とか、因縁とか、敵味方とか、人間関係を知れば知るほどおもしろくなるのはわかるかな」

「うんうん。掘っても底がないんだよ。沼だよ、沼。無限のドラマとキャラクターがあるんだよ。謎も多いしさ。ていうか謎だらけなんだよ。主君を裏切ったり、常識はずれの行動を取ったり。本能寺の変とかもめちゃくちゃ有名だけど、なんで明智が信長を裏切ったのか、はっきりわかってないし。定説はあっても、ちゃんとした証拠はないことも多いし」

「人の心のなかまでは資料に残らないしね」

「うん。だから事実を集めて推測するしかないんだけど、有名な武将でも、史実に登場するまでどこでなにやってたかわからない人もいるし。そういう歴史の空白を、いろいろ想像するのも楽しいんだよね」

「点と点を繋げて線にして、さらにいくつもの線から一枚の絵図を見つけるような感じかな」

「そう！」我が意を得たりと頼人は手を叩き、指を立てる。「たまに『これこそが歴史の真実じゃないか』ってのを思いつくときがあるんだ。そのときは本当にゾクゾクする」

彼はまさに恍惚の表情で告げた。

頼人の口はすっかりなめらかになり、歴史のおもしろさ、有名武将の意外なトリビア、興味深い謎の数々を嬉々として語ってくれた。

歴史に関する彼の知識、記憶力は大したもので、なにより語るときの目はきらきらと輝いていて、心の底から好きなんだということがひしひしと伝わってきた。

そうして彼との会話に夢中になっているとき、ふいに視線を感じて横を見やる。三人ぶん、計六つの瞳がじっとこちらを見つめていた。代表するように隆之介がおずおずと告げる。

「あの、そろそろいい時間だと思うんですが」

慌てて時計を見やる。頼人との会話に夢中になって、すっかり時間のことを忘れていた。もう開始から一時間以上が経っている。

「ごめんごめん――」と苦笑いで立ち上がる。

終わりの挨拶をするため前へと向かいながら、わたしは嬉しさを噛みしめていた。

自分の「好き」がある子はやっぱりいい。

学びの原点はそこなのだ。興味があるからこそ、時間を忘れて調べたくなる、知りたくなる、学びたくなる。ぶっ通しで勉強していてもまったく疲れない。

興味を抱くか抱かないかの基準に、その知識が役立つか役立たないかは関係ない。けれど、自分の「好き」を突き詰める人たちがなにかを成し遂げ、世界を変え、世の中を楽しくしていくんだと思う。そしてまた別の人間に、新たな「好き」がひろがっていく。

頼人にはとことん歴史を勉強してほしい。算数なんて勉強しなくていいよと言いたい。

でも、それはやっぱり理想論だ。

そうして困るのは、頼人本人だ。

では、やっぱり無理やりにでも算数の勉強をさせるのが正解なんだろうか。それが周りの大人がするべきことなんだろうか。

すぐに答えは出せそうになかった。

パン屋の朝は早い。
クロハ・ベーカリーは出勤前、駅に向かう前に立ち寄ってくれるお客さんも多いが、この界隈に住む人たちは立地的に出勤時間は早めとなる。横浜や川崎、東京都心に出勤する人もいるからだ。当然ながらパンを焼かなければ店を開けても売る商品がないので、実際に働きはじめるのはもっと早い。
一転して、平日の昼すぎはのんびりとしたものだ。
扉の鐘が涼しげな音を響かせ、お客さんが入ってくる。常連の斉藤さんだ。週に二、三回は昼のピークが終わったころに訪れてくれる。

「いらっしゃいませ」

「今日のオススメはある？」

「くるみパンはどうですか。先ほど焼き上がったばかりですよ」

「あら、いいわね」

当ベーカリーのくるみパンは全粒粉の香ばしさと、くるみの素材そのものの味わいだけで勝負している。もっちりしたパンと、コリコリしたくるみの歯ごたえの組み合わせは絶品だし、香ばしさのハーモニーを味わってもらうためだ。

当店のクロワッサンのような主役ではないものの、なくてはならないいぶし銀の名脇役、といった存在で、定番商品として長く愛されていた。

斉藤さんは言葉どおりにくるみパンをトレイに載せ、ほかの商品を物色しながら雑談をつづける。

「おたくの真司くん、小学四年生だっけ？」

「そうですね。四月からはいよいよ高学年です」

「ちゃんと宿題やる？」

「まあ、文句言いながらも、わりとちゃんとやりますね」

「いいわねー。うちは小六で、四月から中学生だってのに、ぜんっぜん宿題しようとしないのよ。叱っても怒鳴ってもまったく言うこと聞かないし。ほんと参っちゃう」
「難しい年ごろですよね。でもまあ、あまり叱らないようにしてやってください」
「なに言ってんのよ。うちの子は出来が悪いんだから、せめて厳しく躾けないとどんどん自堕落になるんだから。真司くんみたいに出来のいい子だったら、どんなに楽だったか」

ははは、と苦笑だけを返しておく。

前職が公務員だっただけに、昨年四月に店で働きはじめたときは常連さんとの距離感も手探りだったが、だいぶ摑めてきたように思う。

斉藤さんはプライベートをあっけらかんと話す人であり、おかげで夫の職業から家族構成まで、ずいぶん詳しくなってしまった。彼女の教育方法には思うところもあるのだが、そこに踏み込んでしまうと軋轢が生まれかねない。現金なことだとしても「店員と客」という関係を円満につづけるためには、一歩引いた態度も必要だ。

ほどなく会計を済ませ、斉藤さんが背を向けたとき、ふいに鋭い視線を感じた。店内にほかに客はいないので、店外からだ。

少し前にもこんなことがあったなと感じつつ目をやり、心臓が跳ねる。

商品棚の向こう、前面のガラス窓越しに男がじっとわたしを見つめていた。明太フランスパンの上に並ぶ双眸は、ただの客ではない不気味な光を宿している。

男は斉藤さんと入れ替わるように店に入ってきた。

少なからず恐怖を感じたものの、そのまま立ち去られるほうが怖いような気もする。

髪はやや長めで毛量が多く、全体が無秩序にうねっているのはパーマか天然か判別できない。銀縁メガネの奥にある目は細く、顔は面長。Tシャツとスラックスに、脛まである黒いコートを羽織っている。すべて無地で、彩度も乏しい。

身構えるこちらとはうらはらに、「どうも」と発した男の声に危険な匂いはなかった。

「河端頼人の父です」

肩の力が抜ける。ガラス窓越しに睨みつけるのは河端家の家訓なのか？

「どうも。黒羽真司の父の三吾です」

「いま、少しお時間よろしいですか」

十中八九、塾の件だろう。楽しい話し合いにはならないだろうなと思いつつ、それでも拒否するわけにはいかない。

「ええ、お客さんも先ほど帰られましたし」

「あ、さっき話していたのは客ですか」

「ええ、そうですけど」

「そうでしたか。入ろうとしたら女性と親しげに話していたので、知り合いが来ているのかと思って遠慮したんですよ」

微妙な勘違いだし、妙な気の使い方をする人だ。

「五分程度で済みますか？」

「いや、無理ですね。少なくとも二十分。あるいはそれ以上」

どう考えても厄介な話じゃないか……。

心中でついたため息は悟られないようにして、ひと言断って店の奥に行くと、康太郎に簡潔に事情を伝え、店をまかせた。この時間帯なら大丈夫だろう。

頼人の父親とふたりでバックヤードの事務室に向かう。

厨房とは別にある、着替えや休憩、事務作業などに使う三畳程度の小さな部屋だ。中央に白く簡素なテーブル、壁際にロッカーがあり、さらに段ボール箱など雑多な物が積まれて狭い部屋をさらに狭くしていた。

テーブルを挟んで向かい合って座る。

渡された名刺には「河端正義（まさよし）」とあった。社名は遊び心のあるもので、名前の左上には「代表」と記されている。

「最新のＡＩ技術とゲーミフィケーションを活用した体づくりと快眠ソリューションを

提供する会社をやってます。人生百年時代、死ぬ直前まで健康に生きるには運動と睡眠、このふたつですよ。まずは無料でダウンロードできるアプリもありますので、黒羽さんもぜひ」

　セールストークを短く展開したあと、市内にオフィスを構えているが、平日の日中も比較的自由に動けるのだと彼は説明した。それは自分が代表だからというわけでなく、従業員にも可能なかぎり自分の裁量で、自由に働いてもらっているのだという。

「規則で縛れば縛るほど、その人物の能力はスポイルされる。それは会社にとっても損失ですからね。会社はこういうものだ、という固定観念を捨てろと常々言ってますよ。

　さて、今日伺ったのはご想像のとおり、息子の頼人の件です。ぼくがなにを望んでいるかはあとあと話すとして、最初にひとつ質問させてください。黒羽さんは昨年度まで小学校の先生をしていたらしいですね。不登校の子どもについてどう思ってます？」

　ざっくりした質問だな、と戸惑う。さらに、彼がなにを主張したいのかが見えないなかでの返答には不安もあったが、なるべく素直に、誠実に答える。

「不登校とひと口に言っても、原因にはいろんな問題があります。かなり大雑把(おおざっぱ)にくくっても、家族や親の問題、教師や学校の問題、いじめなどを含む子ども同士の人間関係の問題、そしてその子自身の問題もあるでしょう。問題というか、学習能力を含めたその子自身の資質とか、性格とか。だから十把一絡げに論じることはできないと思うんですが、不登校が一概にダメなことだとはわたしは思っていないです。原因がどうあれ、行きたくない場所に無理に行く必要はないし、無理に通わせるのが正解だとは思わない。もちろん本人が学校に通いたいと望み、解決できる問題なら解決する努力は必要ですが、ほとんどのケースではうまくいかないのが現実だと思います。

教員を辞めたから言うわけじゃないですけど、やっぱり学校ってのは歪な世界だと思うんです。子どもを型に押し込めるやり方は昔に比べればずいぶん減ったとはいえ、やっぱりまだまだ残っている。集団行動が苦手な子もいます。学習能力や運動能力も、子どもによってさまざまです。どうしたって周りの子とうまくやれない、学校に馴染めない子が出てくるのは当然ですよね。

けっきょく問題なのは不登校になった子の、その後なんだと思うんです。フリースクールなども存在しますが、その子にあった施設が近場で見つかるとはかぎらない。民間施設なので親の金銭的な負担も大きく、どの家庭もが選べるわけじゃないです。公的機関もありますが、施設の数も支援も限定的で、現状ではそれほど機能しているとは言えないですよね。ほかの選択肢がないから無理やり元の学校に復帰させるか、引き籠もるしかなくなる。そうしてその子自身も、親も、さらに不幸になってしまう」

正義がすっくと立ち上がり、芝居じみた仕草で両手を叩きはじめた。生まれて初めてスタンディングオベーションを受けた。

「すばらしい。すばらしいですよ」

静な分析。不登校を頭ごなしに否定しない、その姿勢。学校という場所に対する冷

にっこり顔で手を差し出してきて、ちょっと怖かったが拒絶するわけにもいかず握手を交わした。

ぼくはね――、再び腰かけ、髪を右手でかき上げながら正義は語る。

「小学四年生のときに不登校になって、中学も高校も行ってないんですよ。とにかく！学校という場所が嫌だった。なにもかもが胸くそ悪かった。あんな場所はクソだ！　教師も、クラスメイトも、校則も、学ぶ内容も。こんな場所に通いつづければ自分が壊されると思った。だから行くのをやめたんだ。そしてその選択は〝百パーセント〟正しかった」

彼は妙なイントネーションで〝百パーセント〟と言い、薄い笑みを浮かべる。

「ぼくを無理やり学校に通わせようとしなかった両親には心から感謝していますよ。べつに家で勉強なんてしなかった。ただひたすら自分のやりたいことだけをやった。ぼくはね、コンピュータが好きだった。ゲームも好きだったけど、それも含めてコンピュー

タが好きだった。プログラミングの勉強なら寝る間も惜しんでできたし、ちっとも苦じゃなかった。明確なビジョンはまるでなかったけど、将来はこれで生きていきたいと考えた。

それで親に相談したら、やりたいことが決まっているなら、大学で勉強したらどうだと言うんです。大学とはいえ、いまさら学校に通うのは納得しかねるものがあったが、仲間を見つけるのに大学ほど便利な場所はないと言われて、その点は納得せざるを得なかった。ずっと家に引き籠もっていたから、ぼくには友達も仲間と呼べる存在もいなかったから。起業するには、やっぱり仲間や伝手はあったほうがいい。

まあ、大学ならかなり自由だろうし、ぼくが毛嫌いした小学校とは違う。なんだかんだ学歴で判断されることも理解はしていた。だから大検のために勉強をした。探せば独学のための本はいくらでもあったし、親も協力してくれた。自分で決めて、自分のためにやる勉強はまったく苦じゃなかった。大半が無意味と思える知識ではあったけれど、大学に入るためと割りきった。思うんですよ——」

彼はテーブルに載せた右手に体重をかけるようにして前のめりになった。わたしに言い聞かせるような口調で告げる。

「小中学校で学ぶ内容なんて、大きくなってからでも取り戻せると思いませんか。むしろ長じてから一気に勉強したほうがはるかに効率がいい。大学入学を目的にするとしたら、無駄な学習内容も多いですしね」

なんとも言えず、返答に困る。

こればかりは個人差が大きいだろうし、彼は不登校のあいだもさまざまなかたちで〝学び〟の訓練を自然と重ねていたと思える。話を聞くだけでも正義の親は優れた人物だと思えるし、身も蓋もない話だが、彼はもともと地頭がよかったのだろうとも感じる。

べつにわたしの答えは期待していなかったのか、正義はさらにつづけた。

「だからね、我が息子も無理に学校に通う必要はないと思ってる。小中学校などは集団に埋没する無個性な人間をつくるために存在する場所だし、頼人はそんな人間になってほしくないですからね。やりたくないと思う勉強などもやる必要はないと言っている。ぼくがそうだったようにね。

幸い、頼人は無類の歴史好きだ。ぼくとはまるで違う嗜好だったが、好きなことなら時間も忘れてのめり込む性質はやっぱり我が息子だなと思うんですよ。だから彼にはとことん好きなことを突き詰めてほしい。それが頼人にとって幸せな人生を摑む絶対の近道だと確信してますからね」

まさに河端正義オンステージで、相づちを挟む余地もなく彼は語りつづけた。

彼の持論は経験に根ざしているからこそ、極端なものに思えた。すべての人に当てはまるとは思えないし、鬱屈の裏返しなのか、どこかしら他人を見下すような傲慢さもある。

ただ、一面の真実を言い当てているのも事実だった。

誰もが彼のやり方で成功するとは思えない。同じく、誰もが学校に通うことで幸せになるとも思えない。

ひとりよがりな言い回しや偏見は気になるものの、大きなくくりで「学校そのものや、学校の勉強にこだわりすぎない生き方」は賛同できる部分もあった。

「ただ……」自信満々に話していた正義は、一転して苦渋を滲ませた顔になる。「妻はこの考えをなかなか受け入れてくれなかった。何度も、何度も話し合ったんですがね。しかし、ずっと対立したままでは頼人のためにもならない。そこでお互い妥協点を見出すことにしたんですよ。

その結果、頼人がやりたくない、必要ではないと思う勉強を無理やりさせることはしない。その点は妻が納得してくれた。その代わり小学校に通いつづけることは、こっちが妥協した。ぼくは小学校なんか行く必要がないとずっと主張してたし、頼人もできれば行きたくないとも言ってましたから。

小学校には通うが、望まない勉強はさせない。それでお互い納得したはずだった。でもね、妻は裏切ったんですよ。ぼくに黙って、ここの、クロワッサン学習塾でしたか、ここの塾に頼人を通わせた。頼人が嫌がる勉強を無理やりさせるためにね。算数とか、苦手な教科を勉強させてほしいと、妻の真理子は言ったんですよね」

ぐいっと顔を近づけ、詰問するように問いかけてくる。

嘘をつくわけにもいかず、わたしはうなずくしかなかった。

正義は長々と語ったが、けっきょく望みは「頼人の塾通いをやめさせること」であろう。父親がそれを求めれば拒否することはできない。

彼の主張には共感できる部分がある。けれど母親の不安や心配も理解できる。わたしには判断できないし、首を突っ込むべきだとも思わなかった。

夫婦間に横たわる価値観の相違は、ふたりで解決してもらうしかない。その狭間で頼人が不利益を被ってしまう危惧（きぐ）はあるものの、親権者でもないわたしが口出しできることではなかった。

「ですよね」と正義は悲しげな顔でうなずいた。「それで頼人の塾通いの件ですが――」

ついに本題か、とわたしは背筋を伸ばす。ところが、つづけられた言葉は完全にこちらの予想を裏切るものだった。

「頼人は引きつづき、こちらの学習塾に通わせていただきたいと思っています」

宗旨替えなのか？　と目をぱちくりさせると、こちらの戸惑いに気づいた正義が「いやいや――」と笑う。

「ぼくの考えは変わらないですよ。ただ、頼人の塾通いをやめさせると、また妻とけんかになっちゃいますからね。聞くところ、こちらの塾では子どもの自主性にまかせているとか」

「自主性といいますか、授業形式ではなく、それぞれ自主学習をしてもらって、わたしはそのお手伝いをするような感じで」

うんうん、と正義はとても満足そうにうなずく。

「それはまさにぼくの考えにぴったりじゃないですか。だから、変わらずこちらの塾には通わせてもらって、けれど頼人が自主的におこなわない勉強は、無理やりさせないでほしい。それとも黒羽さんは、子どもをどやしつけても嫌がる勉強をさせるおつもりなんですか」

嫌らしい言い方をする。

「無理やりさせるようなことはけっしてしません。本人のためにもならないし、意味がないと思いますし」

「ならば黒羽さんはなにも変える必要はない。頼人も変わらず通いつづける。妻からも文句は出ない。八方が丸く収まるじゃないですか」

策士というか、詭弁というか……。

「少し、考えさせてもらっていいですか」

「もちろんですとも。ぼくだって無理強いする気はないです。それに我を通したいわけじゃなく、それが頼人にとっていちばんいいことだと信じているから、ということはわかっていただきたい」

真摯な口調で告げられた言葉に、ズルい言い方をするな、と嘆息しつつ、自分が取るべき行動を考える。

大前提として、河端家の諍いに巻き込まれたくないから、という理由で頼人を見捨てるようなことはしたくなかった。

この年代の子どもは、まず「学ぶ楽しさ」を知ることがなにより大事だと思っている。しかし現状は子どもたちにカリキュラムを押しつけ、宿題を押しつけている。これじゃ勉強嫌いになるのも当然だ。

幸い、頼人は「学ぶ楽しさ」をすでに知っている。摑んでいる。まずはここを伸ばしてやるのが、周りの大人たちの務めだと思う。クロワッサン学習塾の役割ではないかと思う。

そういう意味で、わたしは父親側に立っている。

けれど、ある程度は現実に寄り添って、妥協や割りきりが必要なこともある。学校の勉強にも興味を持てるように、あるいは興味が持てなくても割りきって勉強するように仕向ける必要性も感じていた。

その点で、わたしは母親の思いも理解できる。

玉虫色かもしれないが、それが現実的な解答ではないだろうか。

「わかりました――」わたしは静かにうなずいた。「頼人さんは引きつづき塾に通わせてください。わたしもそれがいちばんいいと思います。頼人さんが自主的にやりたいと思わない勉強を強いることもしません」

「ありがとうございます」正義はにっこりと笑う。

その笑みに釘を刺すようにわたしはつづける。

「ただし、奥さまとの約束もあります。彼が算数など、ほかの勉強にも興味を持つようにお手伝いしたいという気持ちはあります。頼人さんにどこまで働きかけるかはともかく、その点はご承知くださいますか」

正義の目がすっと細くなる。わたしは重ねた。

「もちろん、無理強いすることはしません。あくまで興味を持つ手助けで、それは奥さまにもお伝えしたことです。頼人さん自身が望むなら、それは河端さんのご主張にも反しませんよね」

しばしそのまま固まっていた正義だったが、ふふっ、と口もとをほころばせる。

「わかりました。あなたも立場上、そう言わざるを得ないですしね。一方的にどちらかの味方をするわけにはいかないでしょうから」再び手を差し出してくる。「頼人を、よろしくお願いします」

苦笑気味に握手を交わしながら、一抹の不安も覚える。

ひとまず頼人のそばにいて、彼にとってなにが最善かを探っていくのが、いまの自分にできる最大のことだろう。その結論は間違っていないと思う。母親にも、父親にも、不義理を働くつもりはなかった。

けれど、この一件が平穏無事に終わるとも考えにくかった。きっと、もうひと悶着ある。そう思うと胃の奥のほうがきりきりと痛むのだ。

そしてこの世の常として、悪い予感というのは当たるのである。

第二話　青空企画会議

「黒羽！」

給食のあとトイレに行って、教室に戻る途中に名前を呼ばれた。

振り返ると、やはり河端頼人だった。二学期まではほとんどしゃべったことがなかったけれど、今年から彼がお父さんの塾に通うようになって、学校でも少しずつ話すようになってきていた。

おお、と言って立ち止まると、近づきながら聞いてくる。

「昼休みはいつもなにしてんの」

「いや、べつに決まってないけど。隆之介とだべることが多いかな」

「飯田か」

河端はそれだけ言って、なんとなくふたり並んで教室に戻った。

彼は友達を名字で呼ぶことが多いようだ。もっとも、ぼくだって友達を名字で呼んだり下の名前で呼んだりバラバラだ。

教室に戻ったあと、自分の席にいた隆之介を交えて三人で話をする。

ぼくが前の席に横向きに座り、河端が窓に背中を預けて立っていた。給食に出てきた謎の食べ物について盛り上がったあと、隆之介はふいに河端に話を振った。

「ところでさ、クロワッサン塾はけっきょくどうなるの？　通うの？」

「ああ、うん、つづけると思う。父さんと、黒羽のお父さんと、話がついたみたいで」

急にぼくのお父さんが出てきて驚く。まるで話がわからない。

「え？　どういうこと？　やめる気だったの？　話がついたってどういうこと？」

「ああ、うん。どこから説明したらいいんだろ……」

彼は困ったふうに頭を掻くばかりだ。

「そっか――」と隆之介が助け船。「真司はぜんぜん知らないんだっけ。河端んちの両親は、ちょっと……独特でさ」

隆之介は言葉を選ぶように言って、その気遣いを河端は秒で無意味にする。

「ちょっとじゃない。だいぶ変」

両親が教育方針で対立していることを河端は説明してくれた。

彼が先日のクロワッサン塾でお父さんと歴史話をしていたのを聞いていたけれど――

聞こうと思わなくても嫌でも耳に届いたのだ——そのときの生き生きした話しぶりとは打って変わってたどたどしく、説明もわかりにくいものだった。けれどときおり隆之介が補足してくれたおかげで理解することができた。

ともあれ話を聞いて、彼の父親の方針は衝撃だった。

「勉強しなくてもいいなんて、めちゃくちゃ羨ましい」

うんうん、と河端はうなずいた。

「それだけじゃなく、行きたくなけりゃ、学校にも行かなくていいって言ってくれる。でもこれは母さんが反対して、ダメになったんだけど」

すごく変わっている父親の教育方針とは違い、母親のそれは、たぶんとても一般的な感じだ。それなのに隆之介から聞いたクロワッサン塾の話を、なんで河端は母親に話してしまったんだろう。

その疑問を尋ねると、「なにも考えず、つい」と彼は顔をしかめた。

「ほんとまずったと思う。夕食んとき、テレビのニュースで無料塾の話題があって。飯田から話を聞いたばっかで、つい話しちゃって」

父親との話し合いで「無理に勉強させないこと」を呑んだ母親だったが、やっぱり納得はしていなかったようだ。そのときはなにも言ってこなかったが、数日後に母親が説得してきたのだという。

お父さんはああ言ってるけど、やっぱり勉強はまんべんなくできなきゃダメだとお母さん思うの。頼人のために言ってるんだってことを信じてほしい。べつに一〇〇点取ってほしいとは思わない。でもせめて四〇点、五〇点を取れるようにがんばろ。など、こんこんと説得してきて、さらに「飯田くんが行ってるっていう無料塾、なんとか通えるようにお願いしようと思うの。どうかな?」と言ってきた。

「反発はしなかったの?」

と聞くと、河端はあきらめきった口調で告げる。

「しても無駄だし。だったらとりあえず言うこと聞いておくのが、いちばん楽。やるふりだけして、しなけりゃいいかなって。塾の講師が嫌な奴だったら、父さんに告げ口して、やめさせてもらう手もあったし。ふたりが揉めるのは嫌だし、あんまり使いたくはなかったけど」

ところが、事態はまったく予期せぬほうに転がる。

彼の両親はふだんから些細なけんかをよくしていて、その日も食事の後片づけを巡って口論がはじまった。ふだんならすぐにどちらかが折れて終わるのだが、その日はいつになく両者ともヒートアップ。口論はいつしかまるで関係ない教育論に飛び火した。その勢いで母親は、息子を無料塾に通わせはじめたことを自ら告白したらしい。

「そうだったんだ」と隆之介が驚く。「それでお父さんが怒ったの？」

「や、目に見えて怒りはしなかった。呆れてはいたけど。あとからわかったんだけど、その時点で父さんなりの作戦というか、策略があったみたいでさ」

後日、父親がこっそり河端に聞いてきた。塾がどんなところかということを。

「雰囲気とか、講師がどんな人かってこととかさ」

話を聞いたあと「塾には通いつづけるが、そこで好きな歴史の勉強だけするのはどうだ」と父親は尋ねてきた。

「もちろんそのことは母さんにはないしょで。それが最も丸く収まる方法だと思う、って。それなら、ま、べつにいいかなって」

ようやくぼくは理解し、話はスタート地点に戻る。

「そっか。それでぼくのお父さんと話をしたんだね。それでぼくのお父さんも、納得したってことかな」

「だと思う。講師とは話がついたから、塾では好きな勉強だけすればいいって父さん言ってたから」

「でもさ――」隆之介が不安そうに告げる。「それってお母さんにバレたら、また面倒なことにならない？」

「さあ。わかんないけど、たぶんバレないんじゃない」

そうかなぁ、とは思うのだけれども、当の本人はまるで危機感がなかった。成績がぜんぜん変わらなければ、そのうちバレるんじゃないだろうか。そのときお父さんがまた責められたり、怒られたりしなければいいんだけどと、ぼくのほうが不安になってくる。

隆之介も首をひねっていて、同じ疑問を感じたみたいだけれど、そのことは口にせず同情を寄せた。

「でもそうやって両親が対立してるのは大変だよね」

「そうかな。慣れたし、ぜんぜん。べつにぼくが怒られるわけじゃないし。ふたりが言い合いしてるのはうっとうしいけど」

「ぼくは羨ましいかな」思わず口をついて出る。「対立してても、とりあえず勉強しなくてもいいんだよね。それはやっぱり、いいなー」

まさかそんな家があるとは夢にも思わなかった。

「そしたら真司は勉強しない？」隆之介が問いかける。

「たぶんしないかな」

「でも、それって将来が怖くない？」

彼の声音は純粋な疑問をぶつけてきた感じだった。

思わず河端を見やると、彼は少し不機嫌そうなふだんどおりの表情で、わずかに眉を動かしただけだった。ぼくが答えに惑っていると、隆之介がつづける。

「ディスレクシアだってわかる前まではさ、このままだったらぼくは将来どうなるんだろうって、すごく不安で。きっと高校にも行けないだろうって思ったし。

少しずつ勉強を取り戻せてるいまは、うん、楽しいというか、楽になったというか。これからも大変なのはいっしょなんだけど、だいぶ楽にはなった」

だから、と隆之介はまっすぐに河端を見つめた。

「河端はすごいなって思うよ。そういう心配はぜんぜんしてないみたいだし。強いなぁって」

「なんとかなるんじゃない」彼はあっさり言って、中空を見上げながら軽く上半身を揺らす。「なんとでもなる、って父さんは言ってるし。やりたくないことをやるのは時間の無駄だって。おれもそう思う。テストでいい点を取るための勉強なんて、ほんとはする必要なんかなくて。するとしても、もっと大きくなってからでいいって。おれは、父さんを信じてるし」

「やっぱり河端はすごいなー」

隆之介は嫌みとかじゃなくて、本当に心から感心している様子で、ちょっと嬉しそうにそう言った。

ふたりの様子を見ながら、あらためてぼくは考えていた。

さっき「羨ましい」と言ったけれど、本当に勉強しなくていいってなったら、どうなるんだろう。

学校には行かなければならないから、勉強はしなくちゃならないから、だからこそ文句を言ったり不満に感じたりもするけれど、本当に自由になってしまったら、それはそれで心細くなってしまわないだろうか。どうすればいいのか、わからなくなってしまわないだろうか。

学校に行かなくなったら給食が食べられないし、なにより友達に会えなくなってしまう。毎日部屋でごろごろするのも、最初は楽しいかもしれないけれど、すぐに寂しくなってしまう気がする。

勉強しないのも、学校に行かないのも、居心地の悪さを感じちゃいそうだ。罪悪感というか、不安感でいっぱいになってしまいそうだ。河端は本当に、そういうことをまったく思わないのだろうか。

そう思って彼に目をやると、「あ、そうそう」と相変わらず感情の見えない表情と声で告げる。

「飯田、引っ越すんだって？」

隆之介が目を見開いた。

思いがけない言葉に、ぼくの口からは「へ？」という声が漏れた。

「な、なんで、知ってんの？」

隆之介は明らかに動揺していた。

「母さんが教えてくれた」河端の、空気を読まない声がつづく。「母さんが誰から聞いたのかは知らないけど」

「そっか……」

そうつぶやいた隆之介は、照れ笑いのような表情を浮かべていた。

止まっていた思考が動き出す。引っ越しは、事実だ。そしてその引っ越しはきっと、遠くに行くものだ。

「タイミングを見て、話すつもりだったんだけど。五年生から、東京に住むことになったんだ」

「東京……」

再び自分の意思とは関係なく、口から言葉が漏れた。水溜まりに落ちたハンカチに水が染みるように、転校するんだな、という事実がじわじわと染み込んでくる。

隆之介は引っ越しの理由を、ゆっくり、丁寧に、語ってくれた。

その言葉はたしかに聞こえていたけれど、なぜかうまく理解できなかった。昼休みが終わって、五時間目の社会の授業がはじまっても、先生の言葉はまるで頭に入ってこなかった。隆之介の引っ越しについてばかり考えてしまった。

ディスレクシアを少しでもよくするため、という理由はとても前向きなもので、隆之介にとってはいいことで。

でもぼくは気の利いた言葉をかけられず、「ふーん。そうなんだ……」と、つまらない言葉を返すことしかできなかった。

そんな自分が情けなかった。

四年生になってこの町に引っ越してきて、この学校に転校してきて、最初に友達になったのは隆之介だった。男子のクラスメイトのほとんどは、彼を介して話すようになった気がする。まっさきに隆之介と仲よくなれて本当によかった。

でも、そういう自分勝手な利点で、友達になってよかったとか思うのは、少し違うかもしれない。

隆之介と過ごす時間はすごく楽しくて、かけがえのない友達で。それがいちばん大事なことだ。それがいちばん大切にしなきゃいけないことだ。

だから離ればなれになるのは本当に嫌だった。寂しかった。

隆之介も、東京に行くかどうかをすごく悩んだと言っていた。

けれど、この引っ越しは隆之介にとって、とてもいいことで。必要なことで。

その決断が正しかったのだと自信が持てるように、気持ちよく東京に行けるように、ぼくは親友として、笑顔で送り出さなきゃいけない。

五時間目も終わりが近づいてきたころに、ようやくそう思えるようになった。

だから自然と、転校していく隆之介になにかしてあげたいと思ったんだ。

五時間目の授業はまったく頭に入ってこなかったけれど、四十五分間をかけて至った結論に、ぼくはとても満足していた。人生には授業よりも大事なことがあるはずだ。

左手にあった木々がふいに途切れ、視界いっぱいに海がひろがった。
「海!」
自然と声が出る。いまの家は東京よりも海に近かったけれど、ふだん見ることはなかった。なにも遮るものがない一面の景色は、やっぱり気持ちがいい。

車は相模湾沿いの道を軽快に走っていた。運転席に座るお母さんに尋ねる。

「着くまでどれくらい?」

「空いてたら二時間ちょっとだけど、土曜日だしねー。三時間くらいはかかるかも」

「しゅぜんじ? だったよね」

「そう、修善寺」

静岡県にある、温泉で有名な土地らしい。ちょっとしたテーマパークのような場所もあって、観光したあと、夜は温泉宿に泊まる予定だった。

正直、温泉にはまったく興味はないけれど、お母さんとふたりで知らない土地に行って、いろんなものを見たり食べたりするのは楽しいから好きだ。

それにお父さん、というかおじいちゃんの車と違ってお母さんの車はスポーツカーだ。すごくきれいなブルーの車体で、かっこよくて、乗り心地もやっぱりおじいちゃんの車とまるで違う。乗っているだけでわくわくする。渋滞とかは嫌だけど、車に乗って遠くにいくだけでも楽しかった。

お父さんとほとんど旅行に行けないのは、少し寂しくはある。

でも、お父さんもおじいちゃんも土日は仕事なのだ。週末はとくに休めないことも理解している。お客さんがいちばん来てくれる〝稼ぎどき〟だからだ。

　その代わりお母さんがだいたい月に一回くらい東京から会いに来てくれて、こうして旅行に連れていってくれることも多い。

「もうすぐ一年になるんだよねー。あっという間だよね」

　前を見つめたままお母さんは言った。「なにが？」と聞いてから、お母さんと離れて暮らすようになってからだと気づいた。でも、ぼくは「あっという間」という気はしなかった。この一年はすごく長かったように思う。

「お母さんとお父さんが離婚してもうすぐ一年じゃない。おじいちゃんとの生活にも、新しい生活にも慣れたんだよね。べつに不満はない？」

「うん、まあ。家より、学校はいろいろ戸惑いもあったけど、だいぶ慣れたかな。べつに不満はないよ」

「お母さんが家にいなくて寂しくはない？」

「べつに。東京にいるときから、お母さん家にいなかったじゃん」

「そんなことないでしょ。なるべく真司が起きてるうちに帰ってたでしょ」

「そうだっけ？　そうだった気もするけど」

ちょっと恥ずかしくて「べつに」と言っちゃったけど、やっぱり最初はお母さんがいなくて寂しかった。でも、いまはもうすっかり慣れてしまった。

「ひどいなー。わたしがどれだけ……ああ、ごめん。これは言いっこなしだね。ま、よくできた母親じゃないことは自覚してるし」

「思い出した！　だからさ、ちょうどぼくが寝ようとするタイミングで、お父さんとお母さんが言い合う声が聞こえてきたんだよ。すごく嫌だったし、どうせならもっと早く帰ってくるか、もっと遅く帰ってくるかしてって思ってた」

「やめて。それ以上言われるとお母さん泣いちゃう」

「なんで？　お母さんが悪いわけじゃないんでしょ。べつに、お母さんはお母さんで、いいと思う」

お母さんは顔を歪(ゆが)める。困っているのか笑っているのか、よくわからない表情だ。

お母さんは料理をつくらないし、そもそもほとんど家にいなかった。

会社では薬の研究をしていて、多くの人の命を救う研究なのだとよく言っていた。仕事のことを語るお母さんは生き生きしていて、仕事が大好きなんだということがすごく伝わってきた。

世の中の、一般的なお母さんがそうじゃないことは、ぼくも知っている。でも、それでいいと思う。お父さんもそう言っていた。

でも、ぼくといっしょに住んでいるときのお母さんは、きっと無理してた。だからいつもカリカリしてて、お父さんとしょっちゅうけんかをしていた。その声を聞くたびに嫌な気持ちになるし、不安になるし、おなかの奥がきゅっとなる。いまはそれがなくなって、ほっとした気持ちがある。

ぼくはそのことを素直に伝えた。

「よかったと思ってるよ。だって、いまのほうがお母さんといっしょにいる時間が増えたし、いっぱい話もできるようになったし、お母さんもイライラしてないし」

「はは……」とお母さんは力なく笑う。

しばらく真剣な顔でずっと前を見つづけて、「だよね」と力強く言って、お母さんはもういちど笑った。今度はちゃんとした笑みだった。

「このかたちが、ベストだったんだよね。何度も言ってるけど、お母さんは変わらず真司のお母さんだし、お父さんは変わらず真司のお父さん。この先もずっと変わらないし、ふたりが真司の未来に責任を持つし、ふたりで真司を育てるから。安心して」

「うん、わかってる。家族のかたちはいろいろ、なんだよね」

「そうそう」

親がひとりしかいないクラスメイトはそれなりにいる。クラスメイトではないけど、一條さんだってそうだ。たいていはお母さんだけってパターンだけど、いずれにしてもぼくみたいに、いっしょに住んでいない親と定期的に会っている子はあんまりいないようだ。ぼくとお母さんの関係を話すと、だいたい珍しがられる。

たぶんぼくは、けっこう恵まれているんだろう。

再び窓の外に目を向ける。

太陽の光を受けてきらきらと輝く海は、すごくきれいだった。


幸いひどい渋滞に遭うこともなく、道のりは順調だった。いつしか視界から海は消え、車は山に囲まれた道を走っていた。

運転しながら、いつもお母さんはこまめに話しかけてくる。今日もそうだ。

その話題が出たのは、いよいよ静岡県に入ったころだった。ひたすら山の緑に囲まれた道を、ゆるやかに右へ左へと曲がりくねりながら車は進んでいく。

「そういえば、お父さんの塾に新しい子が入ったんだよね。クラスメイトだっけ」

「ああ、うん」前をずっと走っているトラックの、すっかり見飽きた銀色の長方形をぼんやり見ながらぼくは答える。「河端頼人って奴」

「ライトくんか、かっこいい名前だね。これで塾も四人。ずいぶん賑やかになってきたじゃない」

その言葉を聞いたとたん、隆之介の転校のことを思い出してしまった。また寂しさが忍び寄ってきたけれど、それを振り払って言葉を発する。

「あのさ、お母さんに相談したいことがあるんだけど」

「なになに。なんでも言いなさい。全力で相談に乗ってあげるから」

四月から隆之介が転校してしまうことをぼくは話した。

隆之介のことはお母さんとの会話のなかでもよく出していたし、だいたいのことは知っている。もちろんぼくにとって、この町でいちばん最初の、いちばん大事な友達であることも。だから説明にそれほど時間はかからなかった。

「それでさ、引っ越しの前になにかを贈りたいなって考えてて」

「ああ、餞別（せんべつ）ってこと？　つまり、なにか思い出になるようなプレゼントを、ってことだよね」

「うん。でも、いろいろ考えたんだけど、いまいちよくわかんなくて。なにを贈ったら喜んでもらえるかなって」

「それでお母さんに相談したいってことだね」

「うん。いいアイデアないかな」

「オッケー！　ふたりで考えましょ。でもそのためには、お母さんはもっと隆之介くんのことを知らなくちゃいけないな。これまでもいろいろ聞いてるけど、できるかぎり、もっと、もっとね！」

運転しながらだと情報を整理できない、ということで、つづきは現地に着いてから、ということになった。

なんだかぼく以上に張りきっているように見えるのは気のせいだろうか。

ほどなく車は最初の目的地に着いた。

修善寺にあるテーマパークだ。といっても大がかりで派手なところではなく、自然を楽しむ感じの、素朴で、こぢんまりとした場所らしかった。

入場してすぐに外国風の建物が並ぶ区画があり、そこにあったカフェにお母さんは向かった。外に丸いテーブルが並ぶ、オープンカフェというやつだ。

お母さんはコーヒーを、ぼくはバナナスムージーとホットドッグを頼んで座る。黒くてかわいらしい、おしゃれなテーブルと椅子だった。

今日は風もなくいいお天気で、陽射し(ひざ)のおかげで思ったより寒さは感じなかった。もちろんしっかりダウンジャケットは着ていたけど。

お母さんは車から持ってきたタブレットをテーブルに立てて、薄いキーボードに手を添える。

「じゃあさっそく、隆之介くんのことを教えてくれるかな」

目がらんらんと輝いていて、やっぱりずいぶん張りきっている。

「お母さんになにを話して、なにを話してないか、はっきり覚えてないよ」

「気にせず、知っていること全部話すつもりで」

「それはそれで大変だよ」

でも、これも隆之介のためだ。ぼくは知っている彼のことを話しはじめた。

最初はどこからどうやって話せばいいのか戸惑ったけれど、話すうちにどんどん言葉が溢(あふ)れてきた。隆之介の性格、興味を持っていること、こだわっていること。食べ物や遊びやゲームとかの好きなものや嫌いなものや、とにかく思いつくままに話した。

これはお母さんもすでに知っているはずだけど、彼が好きなものといえばやっぱりミステリーだ。文字を読むのが苦手なので本ではなく、探偵が登場するようなドラマや映画を、ぼくらが生まれる何十年も前の古い作品を含めて好んで見ている。以前、学校でちょっと不思議な事件が起きて、その謎を隆之介が解いたエピソードも話した。

お母さんは聞いた情報をすばやく入力していった。

気づけばホットドッグを食べ終え、スムージーも飲み終えていた。お母さんのコーヒーもなくなっていた。ホットドッグはおいしかったけれど、パンはやっぱりお父さんがつくるものが抜群においしい。

ほかのお客さんは少なく、テーブルも常に半分以上は余っていたので、そこは気にする必要はなさそうだ。でもテーマパークに来て、園内を歩き回ることもなく、ずっとカフェにいる親子は変だよなと少し思う。

参考になりそうな隆之介の情報をだいたい話し終えると、お母さんはタブレットの画面を指で叩いた。

「ぼんやりとは、見えてきたよね」

「なにを贈ったら喜んでくれるかわかった？」

「その前にまず、真司はどんなのを考えたか教えてくれない？」

うーん、と唇を尖らす。

「ゲームとかは喜んでくれるかなと思ったけど、予算的にちょっと厳しいかなって。安いやつもあるけど、そうなると好みのものを探すのが難しいし」

隆之介はやっぱり謎解き系のゲームが好きみたいだ。でも文字を読むのは苦手なので、なるべく文章を読む必要がない、音声主体のものか、アクション系の謎解きゲームじゃないといけない。なかなか難しいのだ。

考え考え、言葉を繋ぐ。

「手紙とかそういうのは、喜んでくれるかわかんないし、恥ずかしすぎるから、なしで。だからやっぱり、ミステリーに関係するものを贈るのがいいのかなって。高すぎなくて、喜んでくれそうな気が利いたもの。でも、そういうのがさっぱり思いつかなくて」

うんうん、とお母さんは満足そうにうなずく。

「やっぱり隆之介くんの核にあるのは『ミステリー』や『探偵』だよね。ここは外せない」

「うん。そうだよね」

「真司のアイデアで考えるなら、たとえばシャーロック・ホームズ風の帽子とか」

「あっ、なるほど、すごくいいと思う！」

そういうのはぜんぜん思いつかなかった。

シャーロック・ホームズはぼくも知ってるくらい、探偵の代表のような人物だ。ホームズを元にしたドラマや映画も多いし、もちろん隆之介もすべて見ていて、大好きな探偵、憧れの探偵のひとりであることは何度も聞いたことがあった。

「でもねぇ……」とお母さんは渋い顔をする。「そういうのもひとつの思い出ではあるんだけど、やっぱり弱いと思うのよ」

「弱い？」

「まずさ、ホームズの帽子にしても、それ以外の探偵っぽいなにかにしても、それで本当に隆之介くんが喜んでくれるかどうかはわかんないじゃない。ホームズが好き、っていうのと、ホームズっぽいなにかを貰って嬉しい、ってのはイコールじゃないからさ」

「うーん、そうなのかなー。喜んではくれそうだけど」

「まあ、そうだね。べつに帽子にこだわる必要はないけど、いろいろ考えて贈ったら、喜んではくれるだろうね。でもさ、それを真司が贈る必要性は薄いと思うんだよね」

「どういうこと？」

「その帽子は既製品を——店に売ってる商品を買って贈るわけでしょ。真司が買っても、ほかの誰が買っても、もちろん隆之介くん本人が買っても同じもの。弱い、って言ったのはそこでさ」

「だからって自分でつくったら、ひどい帽子になるよ」

「意外といい感じにできるかもよ」

「無理だって。小学生がいい感じにつくれたら、帽子つくってる人は落ち込むよ」

たしかに！　とお母さんはげらげら笑う。

「まあまあ、帽子をつくるのは現実的じゃないよね。それはそう思う。あのさ、お母さんが考えたのは帽子をつくろうってことじゃなくてさ。隆之介くんに贈るのは〝モノ〟じゃなくて〝コト〟がいいんじゃないかなって思うんだよね。どう？」

なにを言ってるのかわからず、目を細めて首をかしげることしかできない。「琴」ではないよね。

「ごめん――」とお母さんは真剣な顔であやまる。「わかんないよね。えっとね、帽子とかの〝モノ〟を贈るんじゃなくて、思い出になる体験をプレゼントしたらどうかなってこと。わかりやすく言うと〝お別れ会〟みたいなのを催すとか」

「あー、そっか……」

そっちの方向ではあまり考えていなかった。なにかを贈るより、そういうほうが隆之介も喜んでくれるのだろうか。でも正直、あまりぴんと来なかった。

「たださ――」お母さんは、にやり、と唇を歪めた。「ただのお別れ会をしても、おもしろくないよね。どうせやるなら、ずっと記憶に残るような、楽しいことをしたいじゃない」

どうやらお母さんはなにかを思いついているようだ。試されているようで、カチンと来る。

「思いついてるんならさっさと言ってよ」

口を尖らせて言うと、お母さんはけらけらと笑った。

「そうだね。ちょっと嫌らしかったね。お母さん思うんだけど、たとえば塾のメンバーで隆之介くんの送別会をしてさ、そこで謎解きゲームをしたらいいんじゃない」

「ああ、脱出ゲームみたいな」

「うん。すごくミステリーっぽいやつあるじゃない。ボードゲーム？　パーティーゲーム？　お母さんもそんなに詳しくないんだけど、殺人事件とかのシナリオが用意されてて、参加者が探偵とか犯人役とかに分かれてさ。もちろん誰が犯人かは本人しかわからないんだけど。そういうゲーム」

あぁ……、と間の抜けた声が出る。なんとなく、本当になんとなくだったけど、聞いたことがある。でも大人がやるものっていうイメージがあったし、実際にやったことがあるって話を友達から聞いたことはなかった。

たしかにおもしろうそうだ。おもしろそうなんだけど……。

「でもそれって、探偵役が誰になるかは決められるのかな？」

「あ、どうなんだろう。なんとなくランダムなイメージだけど。そもそも探偵役ってのはないのかな。犯人以外で、誰が最初に謎を解くか、みたいな？」

お母さんは言いながらすばやくキーボードを叩いた。どうやらネットで調べているようだ。

「『マーダーミステリー』っていうんだね。ふんふん、なるほど。いろんな形式があるみたいだけど、お母さんが言ってるボードゲームタイプのものは、明確な探偵役は決まらないみたい。だよね。じゃないとみんなで楽しめないもんね」

「でも、隆之介が主役なんだし、隆之介が探偵役じゃないとさ。探偵はやっぱ、ひとりだよ」

お母さんは画面を睨みつけたまま唸（うな）っていた。

謎解きゲームをやるってのは、すごくおもしろそうなアイデアなんだけど、その『マーダーミステリー』ってのは求めているものとは少し違っている気がする。

お母さんもきっと同じ疑問を持ったんだろう。画面を見つめたまま唸りつづけている。

ぼくもどうすればいいのか考えてみたけれど、さっぱり思いつかない。

そうか、とお母さんがつぶやいた。

「真司の言うとおり、探偵はひとりなんだ。隆之介くんを探偵にしなきゃいけないんだ」

睨みつけていた画面から突然ぼくに顔を向ける。その目は話し合いをはじめたときのように、らんらんと輝いていた。

「真司の言うとおり、隆之介くんを探偵にしよう。それを真司から彼への贈り物にしよう」

「うん、だから、ゲームでどうすればそれができるか考えてるんだよね」

「簡単だよ――」お母さんはまるで犯罪を企てる犯人のように唇を歪めた。「ゲームじゃなくて〝本物の〟事件を起こすんだ。そして彼は、その事件を解決する〝本物の〟探偵になるの」

さっきからお母さんがなにを言っているのかわからない。

不気味な笑みを浮かべながら、かっこつけた仕草でお母さんはコーヒーカップを手に取り、「あ、空だった」とつぶやいて戻す。なにがしたいんだ？

「いやもちろん〝本物の〟と言っても嘘なんだよ。余興で、本当に本物の事件を起こすわけにはいかないしね。隆之介くんも、それが嘘だってことはわかる。

でも、送別会のなかで『ゲームをやろう』ってはじまるんじゃないの。日常のなかで事件が起きて、そこでは隆之介くんは探偵なんだ。だからその事件の謎は、探偵である隆之介くんが解くことになる。日常のなかに、非日常をしれっと混ぜ込むの。現実的な選択肢としては、塾をやってるときになるのかな。隆之介くんにはないしょで、突然事件が起きるんだよ！」

勢い込んで語ったお母さんの言葉はところどころ難しくもあったけれど、ぼんやりとは見えてきた。

隆之介を〝本物の〟探偵にする。それがぼくから彼への、贈り物。

胸の奥のほうから、じわじわと興奮が湧き上がってくる。

「おもしろそう。いや、絶対おもしろいと思う。隆之介も絶対喜んでくれると思う」

「だよね。で、問題は、どんな事件を起こすか。そのシナリオを、誰が考えるか」

「事件は殺人事件だよ。探偵が謎解きするのは、殺人事件だって決まってる」

「まあ、決まってはいないだろうけど、やっぱりそうだよね。で、問題はシナリオだ」

お母さんは腕を組んで難しそうな顔をした。

「シナリオって、事件の内容とかだよね。考えなきゃいけないのかな。それって難しい？」

「うん。だってこれは〝隆之介くんだけの物語〟だから、オリジナルを用意しなきゃならないでしょ。探偵が謎解きをするためには、そのための証拠をあちこちにばらまかなきゃいけない。誰にでも解けるような易しい謎解きじゃおもしろくないし、かといって難しすぎてもダメ。答えがふたつも三つも出てしまうのもダメだよね。すべてのヒントをきちんと集めて、理詰めで考えれば、唯一無二の解答に辿(たど)り着けるようにならなきゃいけない。それが探偵の物語に求められるものなんだ。素人が簡単に考えられるものじゃないと思うんだよね」

　そっか、と思う。ドラマとか小説の探偵ものは、そういうふうにできているんだ。

「でも、そんなのぼくには無理だよ。お母さんだってお父さんだって無理だよね」

「まあ、そうだね……」

　暗い気持ちになる。ただの〝探偵ゲーム〟なら、世の中に出回っているものを使えばなんとかなる。でも「隆之介を探偵にする」ためには、そんなのじゃダメなんだ。特別な、このためだけの〝物語〟が必要なんだ。

　すっごくいいアイデアだと思ったのに、これじゃ実現できない。

「あ――」急にお母さんが間の抜けた声を上げた。「いたな、ひとり。シナリオを書ける人間」

「ほんと!?」

「売れない推理小説家。でもれっきとしたプロだよ。たしかもう十冊以上出してるんじゃなかったかな。いちども重版されたことなかったはずだけど」

「すごい……」

口にしたものの、なにがすごいのかよくわからない。重版ってのもよくわからない。

でもきっと、売れてないのに何冊も本を出せているのはすごい。

「あ、いや、一回だけされたんだっけ、重版。ま、どうでもいいや。ペンネームはなんて言ったっけ――」お母さんはパソコンで調べはじめ、すぐに見つけたようだった。

「あ、そうだったそうだった」

それにしてもふざけた名前、とつぶやきながらぼくを見やる。

「『未来屋圭一(みらいやけいいち)』って名前だけど、聞いたことある？」

ふるふると首を左右に振る。

「聞いたことない。あんまりそういう本は読まないし」

「大丈夫。ミステリーをよく読んでる人でも知らないから」

なにが大丈夫なんだろう。

「でも、そんなプロの人に頼めるの？」

「いいんじゃない。いつも暇そうにしてるし、あいつには貸しもあるし」

こうして最後の難問も（たぶん）解決し、隆之介を探偵にする計画が動き出した。

――ぐうううう。

そしてお母さんの腹の虫も動き出す。

「わたしもおなか空いてきちゃった」とおなかを押さえてお母さんは言った。「とりあえずここで食事していい？　そのあと急いで回ろう」

今回は忙しい旅行になりそうだ。

日曜日の夕刻。

そろそろ店を康太郎にまかせ、夕飯づくりのために自宅に戻ろうかと考えはじめたときだった。店の駐車場に見慣れた青いＧＴ－Ｒが停まるのが見える。

康太郎に断って店を出ると、こちらには気づかず真司が自宅に入るところだった。運転席から降りてきた心美に声をかける。

「おかえり。とくになにもなかった？」

「あったよ。ありありだよ」わざとらしく顔をしかめる。「事故のせいで帰りがめちゃくちゃ混んでてさー。もっと早く戻ってくるつもりだったのに」

「それはお疲れさま」苦笑しつつ尋ねる。「トイレは大丈夫？」

「それは大丈夫」

「食事は？　いっしょに食べるならつくるけど」

「いや、今日はすぐに東京に戻る。やらなきゃいけないこともあって。真司にもそう伝えたから」

「そっか。わかった」

すぐに車に戻るのかと思ったが、心美はなにをするでなく、腰に手をあてて、真司が入っていった自宅のドアを眺めていた。声をかけようとした矢先、彼女は口を開く。

「真司も、大きくなったよね」

「まあ、そうかな。あんまり実感はないけどね」

「むかつく――」と吐き捨て、彼女は鼻で笑った。「そりゃ毎日会ってりゃね。月一しか会わないわたしのほうが、成長に気づけるんじゃない？」

嫌みだろうか、と訝しむ。けれど月一に限定する代わり、真司との時間をたっぷり確保する、と決めたのは心美自身だ。わたしが制限したわけでもない。

どう答えるべきか困惑していると、先に彼女が口を開く。

「これで、正しかったと思う」

「え？」

「毎日成長を見届けられないのは、やっぱり寂しいよ。悔しくも思う。でも、前はもっとひどかった。中途半端で、自分で自分を責めて、三吾に八つ当たりして。いまのほうが、ちゃんと真司と向き合えてる。これが、いちばん正しい答えだったよね」

ひと呼吸置いて、わたしはうなずいた。彼女は相変わらずドアを見つめるばかりで、こちらを見てもいなかったが。

「うん。これ以上の選択肢はなかったと思う。ふたりで、ちゃんと正解を見つけられたと思う」

おし！　と心美は自分の腰を叩く。

「帰るわ。仕事が待ってる」

軽く右手を上げ、心美は運転席に戻った。車は重厚なエンジン音を轟かせ、駐車場を出ていく。彼女の愛車を見送り、「さて」とつぶやいて伸びをした。

今日も夕飯をつくりましょうか。

真司は昨日今日と、母親といっしょにいいものを食べてきただろうから、と考え、夕食はさっぱりしたものにした。ほうれん草と豆腐を中心に、豚肉を少量入れた炒め煮だ。ふだんだったら「物足りない」と文句のひとつも出そうだが、予想どおり今日ばかりはおいしそうに食べている。きっと肉ばっかり食べてきたんだろう。

心美は料理をしないし、食にも無頓着だ。一週間カップラーメンと栄養ドリンクでもまったく平気な人種である。だから子どもに甘いとかじゃなく、なにも考えずに好きなものを食べさせる傾向がある。いまは母親と過ごす時間が特別なイベントになっているので、とくに問題はないのだけれど。

「そんでさ、追い抜いたトラックの荷台にすっごく大きな絵が描かれてて――」

真司はすごく楽しそうに旅行の話をした。

しかしながら、わざわざ行った観光地や、風光明媚な景勝地の話より、旅先で見つけた虫やら犬の話やら、変な看板やら、旅の本題とは関係ない話が多いのはお約束だ。

「昔はさ、もっと派手で、もっとすごいトラックがいっぱい走ってたってほんと？」

「ああ本当だ本当だ。デコトラって言ってな、おじいちゃんがまだ子どもんときに『トラック野郎』って映画があってな――」

笑顔で話す息子を見ていると、当然わたしも楽しい気持ちになる。

でも同時に、真司とふたりでゆっくり旅行に行けないもどかしさも感じるのだ。将来、楽しい思い出が母親とのものばかりになってしまうのではないか、という焦燥にも駆られる。

自分でも浅ましいなと思うものの、心美への嫉妬がないと言えば嘘になる。

離婚しても子育てはふたりでしよう、共同親権のつもりでやろう、それぞれ足りないものを補っていこう、などと理想を掲げても、人間の感情はまた別問題だ。けっきょく、嫉妬は嫉妬として認めて、自分なりにできる範囲で息子との思い出をつくっていくしかない。

「それでさ――」いつしかトラックの話題は終わっていて、ふいに真司の声のトーンが変わった。「隆之介、四月に引っ越すでしょ」

先日、隆之介から転校の件を伝えられたことは、真司の口から聞いていた。理由もきちんと説明があり、真司なりに納得はした様子で、わたしたちの前では平静を装っていた。でもきっと、寂しさはあったはずだ。

「そうだな――」と康太郎が答える。「それで、隆之介くんへのお土産でも買ってきたのか」

「いや、そうじゃなくてさ」どう説明するべきか思案するふうに、真司は天井を見上げる。「……えっとさ、ぼくも最初は、なにか贈り物ができないかと考えてたんだけど――」

いいアイデアが思い浮かばず、心美に相談したことを真司は話しはじめた。テーマパークに着いたあと、観光そっちのけで企画会議がはじまったらしい。

真司の説明が進み、計画の輪郭が明らかになるにつれ、わたしもだんだんと興奮してきた。驚くほどに楽しそうな企画じゃないか。

「――そんな感じで、隆之介を探偵にする、ってことになったんだよ。どう、かな？」

「いいと思うぞ！」まっさきに叫んだのは康太郎だ。「少年探偵団を実際にやるってわけだな」

「おじいちゃん少年探偵団好きだね。探偵団というか、探偵をやるのは隆之介だけなんだけど」

「さすが真司だな。おじいちゃんだとそんなこと思いつきもしない」

「きっかけはぼくの言葉だったみたいだけど、思いついたのはほとんどお母さんだよ」

「それにしてもだ。隆之介くんを思う真司の気持ちがお母さんにも伝わったんだ。絶対に喜んでくれるだろうな」

「だと、いいんだけど」自信なさげに言って、窺うようにわたしに目を向ける。「お父さんは、どう思う？」

「おじいちゃんといっしょだよ。すごくいい案だと思う。ただ、どれだけうまくできるか、だな。なんとなくはイメージできるけど、正直まだ具体的なイメージができてるわけじゃないし」

　理性的に答えたけれど、やっぱり心美はすごいなと、心のなかでは舌を巻いていた。

どんなきっかけがあったにしろ、自分がこんなアイデアを思いつけたとはとうてい思えない。

またぞろ嫉妬を覚えるが、これもまた役割分担だ。この先のサポートは自分の役目だと気持ちを切り替える。

「うん、ぼくもあんまりイメージはできてないんだよね。その、お母さんの知り合いの作家の人が、どんな人かもわからないし」

宿に着いたあと、心美はその『未来屋圭一』なる小説家に連絡を入れ、無事に協力を取り付けたらしい。

彼女の親戚にミステリー作家になった人がいる、という話はずいぶん前に聞いた記憶があった。たしか彼女が真司を身ごもっているときだったので、もう十年は前になる。そのときは純粋にすごいなと驚いたものの、それから数年後だろうか「前言ってた、作家デビューしたとかいう人はどうなったの?」となにかの折に聞いたとき、「まったくさっぱり売れずに開店休業状態みたい」と聞かされた記憶があった。

やっぱり厳しい世界なんだなと思ったし、それからその人物の話が彼女の口から語られることはなかった。まさかいまもまだつづけているとは思わなかった。

しかし「未来屋圭一」という名前を聞いた記憶はなかった。当時、心美の口から語られなかったのもそうだし、作家の名前としても聞き覚えのないものだ。

それで——、と真司はつづけた。

「お父さんやおじいちゃんも、今回の計画に協力してくれるってことでいいよね？」

「おれもか⁉」康太郎が驚いた声を上げる。

「うん。協力してくれる人はひとりでも多いほうがいいし。お父さんは協力してくれるよね」

「ああ、もちろん。——それより、父さんはオッケーなの？」

食事を終えた康太郎が湯呑みに手を伸ばしながら答える。

「ああ。ほかならぬ孫の頼みだ、おれが断るわけねぇだろ。隆之介くんのことも知らないわけじゃないしな」

うなずいて、真司に視線を戻す。

「あとは塾のふたり、茉由利と頼人にも声をかけるんだよな。お母さんの話でも、塾を舞台にするようなことも言ってたんだろ」

大人がふたりと、隆之介を含めて子どもが四人。

イベントの全体像はまだ摑みきれていないものの、総勢六人というのはちょうどいい塩梅に思えた。

「うん、ふたりにも声はかけてみるつもり。協力してくれるかどうかわかんないけど」

「大丈夫だろ」

そう気楽に答えつつ、茉由利はともかく、頼人の人間性はまだ摑みきれていないところもあった。塾にも入ったばかりだし、三月までつづいているだろうか、という不安も少なからずある。

けれど、このイベントが成功すれば、きっと隆之介にとってすてきな思い出になる。それは真司や茉由利、頼人にとってもだ。

必ず成功させたい、という思いは強かった。

真司との思い出をつくりたい、という心美への対抗心ではなく。

いや、それもちょっとはあるかもしれないが、ひとりの親として、塾講師として、大人として。子どもたちにすてきな思い出を贈るのは、周りにいる大人の務めだと思うのだ。

「よし!」わたしは胸の前で小さく手を叩いた。「この計画を『隆之介探偵プロジェクト』と名づけよう」

第三話　秘密と嘘とアクセサリー

その人物は定休日のベーカリーにひとりでやってきた。

当たり障りのない綿パンとシャツに、安っぽいダウンジャケットを羽織っている。ニット帽をかぶり、口にはマスクをしていた。集団に埋没したらもう二度と見つけられないんじゃないかと思うほどに無個性な恰好だ。

彼はドアの前で、入ってもいいのかと躊躇している様子だった。鍵がかかっていると思ったのかもしれない。

イートインの席に座って事務作業をしていたわたしはその様子をロールスクリーンの隙間から見やり、立ち上がってドアに向かう。

開ける寸前、ドア越しに男の顔を初めて間近で見やった。マスクをしているので断言はしにくいが、四十代半ばくらいだろうか。軽く会釈しつつドアを開ける。

「ああ、どうも。未来屋圭一さん、ですよね」

「そうですそうです。黒羽、三吾さん、ですね」

「はい、本日はよろしくお願いします」

「いえいえこちらこそよろしくお願いします」

変わったペンネームとはうらはらに、いたって「普通の人」という印象だった。

イートインへと案内しながら話しかける。

「お忙しいなか、遠いところまでわざわざご足労いただきありがとうございます」

「いえいえ、ぜんぜん忙しくはないんで」

「いやいや、なにをおっしゃってるんですか」

「いやいや、マジですよ、マジ。売れない作家を舐めないでください。作家っていうと締め切りに追われてるイメージあるでしょ？　ないない！　そんなのぜんぜんないんだから。締め切りがあるのなんて連載を抱えてるごくごく一部の、超のつく売れっ子だけですよ。その他大勢のほとんどの作家はそんなものないですから。まあ、サボり放題ですね。サボればサボっただけ、自分の首を絞めるだけなんですけどね」

よくしゃべる人だ。「普通の人」という第一印象が早くも揺らぐ。

ふたりぶんのコーヒーを淹れて、向かい合って座る。仲のいい友人ならともかく、初対面の人物と向き合うのにはいささか狭いテーブルで、気まずさがある。相手も同じ思いだろう、お互いにやや距離を取って座った。

未来屋がコーヒーを飲むためマスクを取り、鼻の下とあごにひげを生やしているのがわかった。それだけで一気に作家っぽく見えるから不思議だ。

あらためて謝意を述べたあと、まずは本の感想を。

「未来屋さんの御本を何冊か拝読いたしました。大変おもしろかったです」

「ありがとうございます。なに、なに読みました？」

前のめりに聞いてくる。予想以上にフランクな人だ。

未来屋圭一は十年ほど前にミステリー系の著名な新人文学賞を受賞してデビュー。すでに十五作品を上梓している。デビュー当時はミステリーを中心に書いていて、本格寄りの作品やSFなども著していたが、最近はミステリー色の薄いライト寄りの小説を中心に書いているようだ。作風が幅広いというか、ジャンルが幅広い。

ミステリー系の作品を中心に何冊か読んだところ、どれも読みやすく、安定しておもしろかった。いくつか書かれた本格ミステリーは骨太のものもあり、失礼な話ながら「ちゃんとした作家だな」ということが確認できて、密かに安堵していた。

ひとしきり本の話を交わしたあと、本題に入る。

「今回の件は、ひととおり井ノ口（いのぐち）心美さんからお聞きになっていますよね」

井ノ口は心美の結婚前の姓であり、現在の姓でもある。

「はいはい。ただ、黒羽さんのほうからいろいろ聞きたいこともありまして。塾のことやお店のこともですし、今回の計画に参加するメンバーの情報。年齢、性別、風体、性格など。このあと会うことになりますが、念のため」

「わかりました」

たしかにシナリオをつくるにあたって、そのあたりの情報はとても大事となる。

このあと、いつもどおりクロワッサン学習塾がおこなわれる。今日は『隆之介探偵プロジェクト』に向けた話し合いをおこなう予定だった。

隆之介は彼の両親に協力をお願いして、今日は不参加となるように仕向けている。両親には「塾で隆之介の送別会的なものをおこない、そこでのサプライズ演出の計画を練るため」と説明しておいた。

塾の開始時刻まで未来屋と打ち合わせをおこなう。

彼の求める情報を伝えるだけでなく、今日の学習塾でなにを決めるかや、議事進行のやり方などについても話し合った。

彼も事前にいろいろと考えてきてくれていて、ミステリー作家だから当然かもしれないが、話しぶりも理路整然としている。ざっくばらんな雰囲気ながら、しっかり仕事はしてくれそうな手応えを抱いた。

「あっ！」打ち合わせの最中、突然未来屋が叫んだ。「余ってるパンとかあったりしませんか？」

「ああ、ありますよありますよ。召し上がりますか」

「もしよかったら」

「ぜひぜひ。こちらとしても助かりますから」

「ですよね。そうじゃないかなーと思って昼飯抜いてきたんですよ。ほんと稼ぎが少ないですから、節約できるところはしていかないと」

笑いながら余っているパンを取りにいくため立ち上がる。こういう飾らない人間は好きだ。

「それでは本日のクロワッサン学習塾をはじめます。よろしくお願いします」
「よろしくお願いします」
返ってくる声のなかに、やたら野太い声がひとつ。康太郎である。

プロジェクトメンバーのひとりとして、今回の学習塾に参加してもらった。ほかの三人の子どもとともに椅子に腰かけているが、場違い感にどうしても笑いが漏れる。

茉由利も頼人も、今回の計画にはすぐに乗ってくれたようだ。真司曰く、ふたりとも「積極的に」という感じではなかったようだが。

とはいえ茉由利は感情をあまり表に出さない子だし、頼人も企画自体には興味を持ってくれたらしい。企画が具体的に動き出せば、ふたりとも乗り気になってくれるだろうし、楽しんでくれるだろうと考えていた。

はじまりの挨拶のあと、わたしと同様に前に立つ未来屋をあらためて紹介した。もっとも狭いイートインのこと、はじめる前に全員と挨拶は済ませていたが。

いよいよ本日の議題に進む。

「さて、今日は『隆之介探偵プロジェクト』を具体的に進めていくわけだけど、先ほど未来屋さんとも話をして、このクロワッサン学習塾を舞台にするのがいいんじゃないかってなった。それがいちばんやりやすいと思えるからね」

三月のクロワッサン学習塾。ふだんと同じようにはじまるものの、途中で突然事件が起きる。もちろん隆之介以外は、全員が仕掛け人という寸法である。

「まず最初に決めたいのは、どんな事件を起こすか。以前、真司は殺人事件がいいと言っていたけど、変更はなし？」

　真司は自信たっぷりにうなずく。

「うん。だって、探偵が謎を解くのはやっぱり殺人事件だよ」

「たしかに――」と未来屋。「探偵の定義をどう取るかにもよりますけど、ここで言う『探偵』とは物語のなかだけに存在する古式ゆかしい探偵ですよね。だとするとやっぱり殺人事件が王道かとは思います。もちろんほかにもいろんなパターンはありますが」

あの、と茉由利が小さく手を上げたので、視線で発言を促した。

「殺人事件なのはべつにいいんだけど、死体はどうするの？　だって、どうやっても白々しい死体になるよね」

　彼女の言うことはもっともだ。本物さながらの死体を用意できるとは思えないし、仮にできたとしてもそれはやりすぎだろう。

「うん、まあ、そうだね。ただ、ぼくはそれでいいんじゃないかなと思ってる。事件が起きるまでは隆之介に対してサプライズだけど、べつに事件が本物だと思わせる必要はないし、実際それは不可能だと思うしね」

　ですね、と未来屋があとを継ぐ。

「死体役の人に特殊メイクを施せば不可能ではないでしょうが、隆之介さんが本気で動揺してしまうのは企画の趣旨から外れるかと。

いまなんとなく『死体役』と言いましたが、死体は人間が演じますか。それともここにいない人物が殺されたことにして〝死体があるテイ〟で展開していきますか。たとえば大きな紙に死体っぽい絵を描いて床に置いておくとか」

「それはやだな」と発言したのは頼人だ。「嘘だとわかるのはしょうがないとしても、死体が絵なのはあんまりだよ。なんか、しょぼすぎる」

ぶんぶんと首を縦に振って真司が同意を示した。

「それなら――」と康太郎が手を上げる。「おれが死体役をやろうか。隆之介くんといちばん馴染みが薄いのはおれだしな。死体役くらいがちょうどいいんじゃねえか」

「ありがとうございます」と未来屋は礼を言い、「死体役の件について、ほかにご意見はないでしょうか」と視線を巡らせた。

議事進行はわたしが進めて、彼はオブザーバーとして要所で意見をくれたら、という方向で決めていたのだが、いつの間にか彼が進行してくれている。

その件はまったく問題ないものの、わたしは先走った議論を正した。

「あの、未来屋さん。まだ事件を殺人にするかどうか、確定はしていなかったのでは」

「あ、そうでしたね！」

おでこをパチンと手で叩く。そんなひと昔前のドラマみたいなリアクションをする人、初めて見た。

「いや、殺人事件だろう」と康太郎。

「父さん、そんなに死体役がしたいのか。いや、これはダジャレじゃなくて」

「いやいや。以前ちらっと、隆之介くんと話をしたことがあったんだ。彼は古い横溝正史の映画も大好きらしくてな。『犬神家の一族』やら『悪魔の手毬唄』やらをあんなに熱く語る小学生は初めてだったよ。やっぱり殺人は起こしてやりてえじゃねえか」

最後の一文は学習塾らしからぬ物騒な言葉である。

ともあれ、茉由利も納得したようにうなずいていて、満場一致と見ていいだろう。

「では、殺人事件ということで、未来屋さんよろしいでしょうか」

「や、ぼくとしてはむしろありがたいですね。殺人事件がいちばんやりやすそうですし。では、死体役は康太郎さんにお願いするとして。ぼくからひとつ提案なんですが、探偵もののお約束として不可能犯罪をしませんか」

「密室？」と頼人。

「それが代表例ですよね。とはいえ、ひと口に密室といってもバリエーションは豊富です。物理的に閉ざされていない『視線の密室』も存在しますし、大自然の開けた岩山の上や、広大無辺な宇宙で殺人が起きても、誰にも行けない場所であったなら密室ものになり得ます。

あとは全員にアリバイがあって、一見して誰にも殺せなかったとか。あとは凶器や死体に関する不可能犯罪もありますよね。凶器の存在しない空間で、絶対にありえない状態の死体が発見されるなど。

とはいえ、この場所を舞台にするならば、やはり密室トリックかアリバイトリックになるでしょうか。とにかく、一見して実行不可能な状況で殺人が起きるんです。もちろん犯人はなんらかのトリックを用いて不可能犯罪に見せかけている。探偵はそのトリックを見破り、犯人を突き止めるわけです。今回の企画にぴったりだと思うんですが」

なるほど、とわたしは首肯した。

クロワッサン学習塾をおこなっている最中に、康太郎が殺される。容疑者はわたしたちだ。しかし、一見して康太郎を殺すことは不可能な状況だった。探偵はトリックを見破り、誰が犯人なのかを突き止める、というわけだ。

まさに隆之介のためだけに用意された物語だし、トリックはミステリーの醍醐味である。彼も楽しんでくれそうだ。

今回のプロジェクトの趣旨は理解していたものの、具体的なイメージは思い描けずにはいた。それがいまの未来屋の言葉で、一気に霧が晴れたような感触を得た。

多かれ少なかれ全員がそうだったのだろう。具体的なイメージを共有できたことで、以降の話し合いはさらに活発なものへとなった。

実際のシナリオ、トリックや設定、解法に至るロジックなどは本職である未来屋にまかせるしかないとしても、みんなからさまざまなアイデアや意見、あるいは要望などが挙げられた。

いつも学習塾の目安としている五十分はあっという間にすぎた。

一時間を超えたところで、ようやくあらかたの意見が出尽くした雰囲気になった。未来屋はかなりの枚数となったメモ帳を見返しながら告げる。

「これで、だいたい大丈夫ですかね」

「そうですね。では皆さま、お疲れさまでした。本じ――」

彼が視線を送ってきたので、うなずいて締めの言葉を口にする。

「あっ！」未来屋の叫び声。

「どうかしましたか」

「忘れてました。動機、どうします？　犯人が康太郎さんを殺した、動機」

「ああ、動機、ですか」

犯人を誰にするかは未来屋に一任することになっていた。やりたい、やりたくない、などと本人の申告はあったものの、トリックにも関わるところなので、犯人を現時点で決めてしまうと制約が大きくなりすぎるためである。

動機のことはわたしもすっかり失念していた。

「そうですね、動機、大事ですよね」

「や、ぜんぜん大事ではないですけどね」

「そうなんですか」

「今回の謎解きはロジックのみで犯人を言い当てる本格系、パズラー系になります。殺害動機は推理には関わってきませんから、べつになくても成立はしますね。小説やドラマならともかく、これはゲームですしね。仮につくるとしても雑な動機で問題はないかと思います。たとえば犯人が茉由利さんになったとして、じつは彼女は康太郎さんに弱みとなる秘密を握られていて、その秘密を守るために殺した、とか」

「一條さんの秘密をおじいちゃんが握るとしたら、どんなのだろ」

つぶやいた真司を、茉由利がキッと睨みつけていた。

慌ててあさっての方向に目を向ける真司の様子に小さく笑いつつ、話を戻す。

「なるほど。未来屋さんのおっしゃりたいことはわかりました。今回はあくまでゲームですし、たとえ添え物だとしても動機が必要かどうか、ってことですね」

「でですです。必要ないならわざわざつくる意味はないんで」

「ですねぇ。動機はべつになくてもいい――」

「動機はいるだろう！」いきなり割り込んできたのは被害者だった。「動機もなしに殺されたら、おれも浮かばれねえだろ。それに横溝正史でもだな、人を殺す動機とか、そういう人間模様があるから物語がおもしろくなるし、締まるんだよ」

「でも父さん、言いたいことはわかるけどさ。今回のプロジェクトでは、全員が等身大の自分を演じるわけだろ――」

たとえばわたしは、そのまま塾講師、黒羽三吾として参加する。康太郎や真司も、茉由利、頼人も、全員が本来の自分のまま推理劇の登場人物となる。そうしないと日常の延長で事件が起きる、という本来のコンセプトが活きないし、そのままのほうが「隆之介だけの物語」感が出る。

「犯人が茉由利に決まったとして、父さんを殺す動機をつくるのは難しいだろ」

「なんであたしばっかり例に出てくるの」茉由利がぽつり。

「ああ、いや――」慌てて言い訳。「いちばん犯人からは縁遠いからかな」

「逆でしょ。あたしだけが女だし、物語だといちばんありがちな犯人じゃないかな。

——ですよね？」

最後の「ですよね？」は未来屋に向けられた。彼は嬉しそうな顔でうなずく。

「ですねぇ。ミステリーだといちばんありがちな犯人像かも。でもやっぱり、このメンバーだと茉由利さんを犯人にしたくなりますね。一見していちばん動機がなさそうで、実行もいちばん難しそうで、だからこそ創作者としては犯人にしたくなる。いろんなドラマもつくりやすそうですしねぇ」

「ちょっと見てみたいかも。犯人、やってもいいよ」

そう言って彼女は、ふふっ、と笑った。

その笑みがあまりに堂に入っていて、悪女めいていて、思わずぞくりとする。

けっきょく、動機についても未来屋に一任することになったものの、基本的には「なし」の方向となりそうだった。殺される康太郎には申し訳なかったが。

動機を謎解きの材料にするのは難しそうだし、解決後に犯人の告白シーンを長々と入れてもあまり意味がないだろう、という判断である。全員、演技に関しては素人なわけだし。

こうして『隆之介探偵プロジェクト』はいよいよ本格的に動きはじめた。

真司も頼人も、そして康太郎も、みんな満足げな表情で提供したパンを食べている。

そんななか、なぜか茉由利だけがなにごとかを考え込むような表情をしているのが気になった。

クロワッサン学習塾から家に帰ってくると、玄関のすぐ横にある台所でお母さんは食事を摂っていた。

あたしのお母さんは毎日夕方に起きる。だからこれを朝食と呼ぶべきなのか夕食と呼ぶべきなのか、いまだによくわからない。

「ただいま」

「おかえり、茉由利」

「今日は遅かったね」

「うん、なんか、わりと盛り上がって」

「勉強が?」

「ううん、勉強じゃなくて」

食卓の椅子に鞄を置いて、別の椅子に座る。

隆之介が四月から東京に引っ越すこと、今日はそのイベントの話し合いがおこなわれ、本物の小説家が来たことを説明した。

「そうなんだ。その、探偵ゲーム？　それって黒羽さんが考えたの？　おもしろいこと考えるね」

お母さんはパンを流し込むようにオレンジジュースを飲んでそう言った。あたしは小さく首を振る。

「違う。真司くんが考えたみたい」

「へえ、すごいじゃない。そんなこと思いつくなんて」

「うん、あたしもそう思って聞いたら、ほとんどお母さんが考えてくれたって言ってたけど」

「お母さん？」大きく眉を寄せて、お母さんはしかめっ面になる。「黒羽さんちってお父さんとおじいちゃんだけじゃなかったっけ」

「うん。でも、月に一回は会うらしいよ。よく旅行にも連れていってくれるって」

「へえ、そういうのもあるんだね。子どもはどうなんだろね。真司くんはどう思ってるんだろ」

「知らないよ」

実際、そんな話は聞いたことがなかった。

「でもさ、そんなすてきなイベントをやってくれるなんて、隆之介くんは愛されてるよね。茉由利はさ、急な転校だったし、お友達にもちゃんと挨拶できずに転校になっちゃって。ほんと、ごめんって思ってる」

「あやまる必要ないって」あたしはあえてぶっきらぼうに言った。「べつに挨拶するような友達いなかったし。こんな、送別会みたいなことされたら絶対に嫌だよ」

これは、たぶん本心だと思う。離ればなれになっても友達だよ、なんて絶対に実現しないような嘘を言うのも、言われるのも嫌だ。

友達がゼロではなかったけれど、その唯一と言ってもいい彼女は、転校の事実を前日に告げたとき「そっかー。じゃあ、今日が最後になるんだね」とからりと言った。それはぜんぜん嫌な気持ちにならなかった。そんなところの波長が合ったのかもしれない。

隆之介のことはべつに好きでも嫌いでもなかったけれど、まあ、男子のなかではかなりマシな部類かとは思っていた。彼が喜んでくれるなら、今度のイベントはできるかぎりちゃんとやって、送ってあげたいと思っている。

あたしの言葉を信じたのかどうか、お母さんは「そっか」と薄く笑って、お皿とコップを持って立ち上がった。

この半年で、お母さんの雰囲気はすごくやわらかくなった。話しているときに緊張も覚えないし、あたしの話もちゃんと聞いてくれる。

肩の力が抜ける、っていうのは、こういう感じなのかなと思っていた。

この町に引っ越してきてからずっと、お母さんはぴりぴりしているように思えた。朝まで働く仕事や、新しい町や家や生活にストレスを感じていたんだと思う。いまの生活に慣れてきたのもあるんだろうけど、やっぱり黒羽さんと会って、話してから変わってきたように思う。

時間がないときは難しいけれど、宿題も見てくれるようになった。たまにあたしの教科書を見て、質問してくるときもある。

会話の量もだいぶ増えたと思う。

その代わり、たまに夕食をつくっていないときがある。そんなときはパンや冷凍食品になる。「今日はごめん」と言うので、「ぜんぜんいいよ」といつも答える。本当に、ぜんぜんよかった。

お母さんが毎日大変なのは知っている。がんばりすぎてぴりぴりするより、たまに手を抜いて、その代わりあたしの話を聞いてくれるほうがいい。

お皿とコップを水で流しながら、お母さんが背中を見せたまま必要以上の大声で聞いてくる。

「で、茉由利はなにやるの？　まさか犯人はやらないよね」

「お母さんはあたしが犯人やるの反対なの」

「ええ？　聞こえない」

蛇口（じゃぐち）の水が止まる。

「お母さんは、あたしに犯人やってほしくないの」

「べつにいいけどさ。茉由利にはできないでしょ、犯人なんて」

手を拭いて、食卓にまたお母さんは座った。

「なんで？」

「だって、演技力が必要でしょうよ。そういう重要な役割はさ」

「そんなの言ったら、みんないっしょだよ」

「あ、ごめん。茉由利は演技力あったね。二年生のときの鶴役、いちばん上手だったもの」

「やめて」

黒歴史を思い出させないでほしい。あれは無理やり押しつけられたのだ。

「犯人に立候補したら？」

「決めるのは、その、変な名前の作家の人だから」

「でもすごいね。わたしはいちども本物の作家なんて会ったことないよ。変な人だったの？」

「変なのは名前だよ。べつに、普通だった。なんか、よくしゃべる人で、あんまり作家っぽくなかったけど」

「そっかぁ。でも、プロの作家ってどんな生活してるんだろ。――あ、思い出した！」

急に大きな声を出すので驚く。

「なにを？」

「いたわ、昔、店の客で、作家だって言ってる男。でもさ、その男の話がぜんぜんリアリティなくて、薄っぺらくて。そうなんだー、大変ですねーって、話合わせてたけど」

「ふーん。で、まだそんなにのんびりしてていいの？」

あっ、とお母さんは時計を見やる。慌てて立ち上がりながら「もうっ――」と文句を言う。

「茉由利の帰ってくる時間が遅いから、感覚が狂っちゃったじゃない」

「あたしのせいにしないでよ」

「茉由利のぶんの食事は冷蔵庫に入ってるから」

「うん」

夜勤の仕事に向かうため、お母さんは準備をはじめた。

昔も飲食店で夜の仕事をしていたけれど、いまはそれとは少し違い、夜だけでなく翌日の早朝まで働く仕事だ。駅前にあるネットカフェで、深夜でも人はやってくるし、それなりに忙しいらしい。

食卓の椅子に腰かけたまま、隣の部屋で着替えているお母さんをなんとなく眺める。無意識に「犯人かぁ」という言葉が漏れた。

未来屋さんがあたしを例に架空の動機の話をしたとき、胸がキリキリと締めつけられた。被害者役に決まった店長さんではなかったけれど、黒羽さんには秘密を握られている。

あたしがクロハ・ベーカリーで万引きをした、という事実だ。

黒羽さんと知り合うきっかけになった出来事で、つまりはクロワッサン学習塾がはじまるきっかけになった出来事だ。

お母さんはさすがに知っているけれど、真司も、隆之介も、ほかの誰もこの事実は知らない。あたしと知り合った経緯について、黒羽さんが万引きの事実を伏せてみんなに伝えているのは明らかだった。

この秘密を守るために人を殺そうとは思わない。

むしろ、万引きのことを黙っていていいのかと、ずっと疑問を感じている。

——嘘をついたり、秘密をつくると、心が疲れる。

あたしの数少なかった友達の言葉を、今日、思い出してしまった。


お母さんが仕事に出かけたあと、少しのんびりしてから冷蔵庫を覗いた。

今日の夕食は野菜炒めだった。

お母さんの料理のレパートリーは多くないし、季節感もない。つくるのが楽だからか、野菜炒めはわりとよく出てくる。おいしいし、好きだし、べつに三日連続で出たりするわけでもないのでぜんぜん問題ない。仮に三日連続で出てもそんなに気にならないかもしれない。わからないけれど。

野菜炒めをレンジで温め、電気ケトルでお湯を沸かす。お湯が沸くあいだに、木製——に見えるけれど実際はプラスチック製——の汁椀に即席みそ汁のみそと具を入れて、炊飯器からお茶碗にごはんをよそう。沸いたお湯を汁椀に入れるころにはチンが終わっているので、レンジから野菜炒めを取り出した。

食卓にお母さんのノートパソコンを置き、配信のアニメを見ながら食事をする。

バトルシーンがすごくて見入ってしまい、手と口が止まってしまったので今日の食事は時間がかかってしまった。やっぱり五条（ごじょう）さんはかっこいい。

食器を軽く水で流してから洗い桶に浸けて、自分の机に向かった。

ローデスクの上に置かれた小物入れから、アクセサリーを取り出す。半透明の樹脂でできた星形のアクセサリーで、短いチェーンがついてぶら下げられるようになっている。前の学校の友達――穂花（ほのか）がくれたものだった。

去年の六月、クロハ・ベーカリーでの万引きが見つかって逃げるときに落としてしまったものだ。

学校に着いてからなくしたことに気づいて、落とした場所にはすぐに見当がついた。店員のおじさんに詰め寄られたとき、わざと地面に尻餅をついた。そのとき以外には考えにくかった。

放課後、すぐに拾いに向かった。きれいなアクセサリーだけれど、やっぱり安っぽさはあったし、子供っぽいものだ。わざわざ拾う人がいるとは思えなかった。唯一不安があるとすれば、追い詰めてきた店員のおじさんに拾われることだった。

けれど、尻餅をついた場所にアクセサリーは見つからなかった。代わりに、あたしだけにわかるメッセージが塀に貼られていた。唯一の不安が的中していた。

店に戻って、アクセサリーを取り戻すべきかどうか、すごく悩んだ。

もし自分で買ったアクセサリーなら、戻らなかった。また、買えばいい。

でも〝穂花から貰ったアクセサリー〟はもう二度と手に入らない。探せばまったく同じ物が見つかるかもしれないけれど、それはやっぱり〝別の物〟だ。

あのおじさんはたぶん、警察に突き出すようなことはしないだろう、という読みはあった。うなだれて、反省している様子を見せれば、お母さんにも連絡せずに帰してくれるだろう、という打算もあった。

結果としてまるで予想外のことになったけれど、アクセサリーを取り戻しにいって本当によかったといまでも思う。万引きを正しかったことにはできないけれど、あのとき、黒羽さんに会えてよかったと思っている。

手のひらに載る星形のアクセサリーを見つめる。

これがなければ、お母さんは引っ越してきたときと同じ、ぴりぴりした雰囲気をいまも引きずっていたかもしれない。いまもまだ、宿題を見てくれることはなかったと思う。

穂花は、思いのほかたくさんのものをあたしに贈ってくれたのかもしれない。

「あたしはさぁ、パティシエになりたいんだよね！」

穂花は自分のことを「あたし」と呼んでいた。はっきりと〝あ〟にイントネーションを置いていて、「少し変わった子だな」というのが第一印象だった。変わった子だから、あたしが塩対応をしても空気も読まずにぐいぐい来て、こっちが根負けして、いつの間にか友達みたいになった。

「ぱてぃしえってなに？」

小学三年生のあたしは、まだパティシエという言葉を知らなかった。

「スイーツをつくる人！　ケーキとか、お菓子とか」

「スイーツ、好きなんだ」

「好き。でもさ、うち貧乏だからぜんぜん食べれないでしょ。でもさ、自分でつくれるならいっぱい食べれるじゃん！」

彼女は屈託なく言って、屈託なく笑う。

疑問に思う。たしかにいっぱい食べられるんだろうけど、仕事にしてしまったら、自分がつくったそれは、お金を出して食べるスイーツとは別物になってしまう気がした。

それから聞きもしないのに、穂花は自分の夢を語ってきた。

みんながよく言う漠然とした「ケーキ屋さんになりたい（だってケーキがいっぱい食べられるから）」ではなく、専門学校に通って、最初は企業に勤めて、経験を積んで、資金を貯めて、ゆくゆくは自分の店を持ちたい、という具体的なもので驚かされた。彼女は店をやる大変さにも触れていた。

そういえば穂花の家は自営業だったなと思い出す。きょうだいが四人もいて、彼女は上から二番目で、下の子の面倒もよく見ているとも聞いていた。とにかくいろいろパワフルな子だった。

「茉由利は、夢あるの？」

穂花は無邪気に聞いてきた。

「わたし？」自分を指さす。「いや、とくには、ないかな」

はっきりした自分の夢を持っている穂花はすごいなと思う一方、いまから自分の未来をそんなふうに決めてしまっていいのかな、と思う気持ちもあった。

「そっかー。うちは貧乏だから、たぶんすぐに働くことになると思うし、だったらやっぱり手に職つけなきゃね」

暗に、ゆっくり考えられていいねと嫌みを言われているような気がしたけれど、そう思うのは自分がひねくれているのかな、とも思う。

それに、貧乏なのはうちも同じだ。ただ、そのことは穂花にも、ほかのクラスメイトにも言っていない。その必要があるとも思えなかった。

とにかく穂花はあっけらかんとした性格で、自分や家族の恥ずかしい話などもなんでもあけっぴろげに話す子だった。それが好ましく思えるときもあったし、悪趣味だなと思えるときもあった。自分には絶対に真似できないことだったし、真似したくもないことだった。


小学三年生の夏休みが終わって、しばらくしたころだった。

あたしに関する〝ある噂〟がクラス内を巡った。〝茉由利の母親は、男相手の夜のお店で働いている〟という噂だった。そしてそれは事実だった。

もっとも、あたしは穂花以外に友達らしい友達はいなかったし、面と向かって言われたわけではない。でも不思議なもので、自分に関する噂が巡っていることはわかってしまう。

誰が、どういう経緯でひろめたのかはわからない。突き止めたいとも思わなかった。ただひたすらくだらないと思ったし、ガキっぽいと感じた。

噂は穂花の耳にも届いたようだった。そして初めて、この噂について面と向かって聞かれた。いつもの調子で、あっけらかんと。

「聞いたよ。茉由利のお母さんって、飲み屋さんで働いてるんだって？」

このときはなぜか、彼女の無神経さに腹が立った。だから、反射的に否定してしまった。

「そんなわけないじゃん。誰から聞いたのか知らないけど」

自分でも〝嫌な人間〟と思うくらいに突き放した言い方をしてしまった。けれど穂花はまったく気にしていない様子で「そっかー」と明るく言う。

「たぶんさ、茉由利のことが好きな男子が噂を流したんだよ。ちょっかいかけたくて。高橋（たかはし）とか怪しそうだなー。ほんとしょうもないよねー。だいたいさ、だからなんだっていうんだよね。うちのお母さんもさ、あたしがまだ小さいとき、飲み屋さんで働いてたんだよ。そのころがいちばん家計がヤバかったらしくて。いまもヤバいけどね！」

そう言ってけらけらと笑ってから、穂花は言った。

「それで茉由利が恥ずかしがると思ったのかなー。ほんと幼いよねー」

穂花はひどく子どもっぽいと思えるときと、ひどく大人っぽく見えるときがある。いまは後者だった。

彼女の言葉で気づかされた。穂花の無神経さに腹が立って、というのは言い訳なのだと。自分は母親の仕事を知られたのが、やっぱり恥ずかしかったのだと。

自分が情けなかった。お母さんに対しても申し訳なかった。恥ずかしくて咄嗟（とっさ）に否定したことを知ったら、お母さんはどれだけ悲しむだろう。

でも、いまさら訂正はできなかった。

それから少しばかり関係のない話題を挟んでから、穂花に聞いた。

「穂花はさ、自分のこともさ、家族のこともさ、なんでも言うでしょ。恥ずかしいとか、秘密にしておこうとか、思うことはないの」

少しばかり間を置いたのは、さっきの噂の話と関係していることを悟られたくなかったからだ。自分でも小賢しいと思う。

穂花は自分のこめかみに人差し指を立てて「うーん」と考える素振りを見せた。あんまり考えているようには見えなかったけど。

「ないかなー」

「ないことはないでしょ」

「うーん、どうなんだろ。大人になったら、いろいろできてくるのかもしれないけどねー」

幼稚園児ならともかく、小学生にもなればやっぱりいろいろ考えてしまうものだろう。言い訳するように、あたしはそう思った。

穂花は急に大声で「あのさ！」と言った。

「お父さんがよく言ってるんだ。嘘をついたり、秘密をつくると、心が疲れるって。そのときだけじゃなくて、そのあともずっと嘘をつづけなきゃいけなくて、秘密を守らなくちゃいけなくて、ずっと心が疲れるんだって。だから、なるべく嘘はつかないほうがいいし、秘密もつくらないほうがいいって。なるほどなーって。だからあたしは、そうしてるんだ」

言葉を返すことができなかった。

ただ、お母さんに対しても、穂花に対しても、恥ずかしいことをしてしまったなという思いだけを抱(かか)えた。自分がすごく情けなく感じた。

あたしに関する噂はそれ以上発展することもなく、すぐに元の状態に戻った。

それからひと月ほど経った二学期の途中に急遽、お母さんは仕事を辞めて引っ越すことになり、あたしは転校することになった。

担任の先生に、転校のことはクラスメイトには黙っていてほしいとお願いした。どうせみんなにとってどうでもいいことだと思ったし、なんで引っ越すのとか聞かれても面倒だったし、最後だけ友達ぶってお別れの言葉をかけられるのもうっとうしかった。

でも最後の登校日となる金曜日の放課後、そっと穂花にだけは転校のことを伝えた。

彼女のおかげで、クラスで完全に孤立することはなかった。べつにあたしはそれでも平気だったけれど、授業でも校外学習でも行事ごとでも、孤立することが許されないときは多々あって、穂花のおかげでめんどくさいことにならなかったのは正直ありがたかった。

たぶんあたしなりの〝けじめ〟だったのだと思う。

校庭の脇を歩きながら、穂花はいつもの調子で「そっかー」と言った。

「じゃあ、今日が最後になるんだね」

変に驚いたり悲しがったりしないのは楽だったし、穂花のそういうところが好きだったのかもしれないと、最後になって思った。

「そうだね。月曜から、新しい学校」

「じゃあ、餞別を渡さないとね」

「せんべつ？」

「お別れする人に贈るやつ」

そう言って穂花は立ち止まってランドセルを下ろすと、中身を漁りだした。けれどすぐに「あ、これがいいや！」と言ってランドセルの横にぶら下げていたアクセサリーを外した。

「店のお客さんから貰って、きれいで気に入ってたけど、茉由利にあげるよ。餞別」

「ありがとう」

たしかにきれいなアクセサリーではあったけれど、見るからに安っぽいし、子どもっぽいし、正直、べつに欲しいとは思えない代物だった。でも、素直にお礼が出てきた。自然と微笑んだ。

そのことにいちばん驚いていたのは、あたしだ。

誰もいない部屋で、穂花から貰った星形のアクセサリーを眺めつづけていた。引っ越して、こっちの学校に転校してきてから、自分の一人称を「あたし」に変えた。べつに深い意味はなかったけれど。

「そうだね、穂花」

ひとり、あたしはつぶやく。

「やっぱり、心が疲れるよね」

屋上へとつづく扉の手前、階段の上。

目の前には真司と隆之介がいる。

屋上の扉は厳重に施錠されているし、下の階には特別教室しかないから、放課後のこの時間はまったく人けがない。

隆之介に「学校内で、誰にも見られず、誰にも聞かれない場所ってどこがある？」と聞いたら、ここを教えてくれた。そして「じゃあ放課後、真司くんとふたりで来てほしい」と伝えたのである。

ふたりとも、なんの話だろうと不思議そうな顔をしていた。

「最初に言っとくけど、バレンタインデーとはいっさい関係ないからね」

「わ、わかってるよ。そんなことぜんぜん考えてなかったって」

真司が焦った様子で言った。

わかりやすい。たぶん三割か四割かは考えていたはずだ。まだ数日あったけれど、隆之介に伝えてから、そういえば勘違いされそうな時期だなと気づいた。

「ふたりに、伝えておきたいことがあって。とくに隆之介くんは、もうすぐ転校しちゃうし、その前にと思って」

ふたりともやっぱり不思議そうな顔のまま、ぎこちなくうなずいた。

あたしは、クロハ・ベーカリーで万引きをしたこと、それが真司のお父さんと知り合うきっかけだったことを全部話した。

「ずっと黙ってて、ごめんなさい。やっぱり恥ずかしかったから。やっぱり知られたくないことだったから。黒羽さんはあたしを信じてくれたのに、あたしは真司くんや隆之介くんを信じていなかったのだと思う。ごめんなさいというのは、そういうこと。許して、くれる？」

ふたりは話を聞きながら、どういう顔をすればいいのだろうという戸惑いだらけの表情をしていた。そのまま顔を見合わせ、隆之介が丁寧に言葉を置いていくふうに告げる。

「許すとか許さないとか、そういうのは、たぶん、なくて。でも、ぼくたちを信じて、教えてくれたのは、嬉しい、かな。ありがとう、という言い方でいいのかわかんないけど、うん、やっぱり、ありがとう、かな」

つづけて真司が床に視線をさまよわせながら言う。

「万引きは許せないし、許しちゃいけないと思うけど、お父さんが一條さんのことを信じたのは、正しかったと思うし、よかったと思うし。あとは、隆之介と同じかな。言ってくれて、ありがとう」

「こちらこそ、ありがとう」とあたしは答える。

　さっきから三人で「ありがとう」を連呼していて少し気持ち悪いなと感じたけれど、ほかに相応しい言葉は見つからなかった。

「あと、もうひとつ。うちのお母さんさ、引っ越す前まで、夜、飲み屋で働いてた。お酒を飲む男の人の相手をする仕事。べつに興味ないだろうけど、いちおう伝えとく。これでもう秘密にしてることはないから。それじゃ」

　言いたいことだけ言って、あたしは踵を返して屋上前をあとにした。

　ふたりとも笑っちゃうくらい、あっけに取られた顔をしていた。

　こんなこと言われたって、ふたりともどう返せばいいかわからないだろう。そんなことはわかっていたし、あたしも答えは求めていなかった。

　完全に自己満足だ。穂花に返せなかった、思い。

　あたしは久しぶりにポッケに忍ばせた星形のアクセサリーを、そっと握りしめた。誰にも聞かれない声で、小さくつぶやく。

「ほんとだね。話しちゃうと、すっきりするね」

第四話　やるべきか、やらざるべきか

窓の外には強い陽射しが降りそそぎ、室内も春を思わせる陽気に満たされていた。

三月になり、まだ冬の名残はあるものの、暖かな季節の到来を感じさせる時期になってきていた。それは同時に年度の終わりを想起させ、教員というかつての職業柄、ほかの仕事以上に出会いと別れを思い起こさせる。

いま、クロワッサン学習塾では四人の小学四年生が勉強をしている。そのひとり、隆之介との別れも近づいてきていた。

「黒羽さん――」その彼に声をかけられる。「ここの文字なんですけど」

小学校も中学年となれば教科書の文字数が増えるとともに、文字も小さくなりがちだ。そこでディスレクシアの彼はスマホを最大限活用していた。拡大鏡代わりにもできるし、画像認識を用いて代読させることもできる。それでも現状、やはり手間や時間はかかるし、スマホでは解決できない問題も出てくる。

彼が見ていたのは国語の「漢字の組み立て」のページだった。さまざまなへんやつくりの組み合わせを説明している。

「これは『もんがまえ』ですよね。その下の三つの違いが、よくわからなくて……」

彼が指さす「門（もんがまえ）」の下には「開・関・間」の漢字が並んでいる。ディスレクシアの彼にとって、これを見分けるのはかなりの難題だろう。

「右から、開、関、間だね。順番に、開く、開始の開。関は――」

言いながらタブレットを用いて、画面いっぱいに大きく文字を書いてみせる。隆之介はうんうんとうなずいていた。

「わかりました。ありがとうございます。でも、次また、区別できるかはちょっと自信ないですね」

「だよね……」

わたしは渋い顔で笑うしかない。

ここでは彼の遅れた学習を取り戻すため、理解できていないところまでさかのぼって教科書の復習をしている。ただ、とくに国語の学習では、彼が今度の生活で活かせるだろうかと疑問を覚える項目がある。「ディスレクシアではない人」に向けてつくられた教材を履修することは無駄が多いし困難も多い。けれど、いまは割りきってやるしかなかった。

ともあれ、文字が読みにくいなりの勉強法にも慣れてきたのか、遅れていた学習を取り戻すスピードは上がってきていた。もとより頭の回転や理解力は優れた子である。本人も自信を取り戻しはじめており、表情にも余裕が感じられるようになってきた。

「黒羽さん――」

今度は別の子から声をかけられる。頼人だ。

「この漢字が読めないんだけど」

彼だけは教科書でなく、自宅から持ってきた戦国時代を解説した本を読んでいた。すでに小学生向けの書籍では物足りなくなったのか、最近は高校生や大人を対象にした本を読むことが多いらしい。

同じ質問でも、隆之介とはまた違うベクトルだ。

「どれどれ。ああ『いかん』だね。遺憾の意を表する、って聞いたことない？」

「ああ、なんとなく、ニュースで。意味はわかんないけど」

「残念に思う、というのを堅苦しく言っただけだよ。がっかりです、ってこと。あとはここにある『遺憾なく』がほとんどかな。心残りがないよう、って意味。『力を遺憾なく発揮する』ってのは、『十二分に力を働かせて』って理解すればオッケー」

「なるほどね。わかった」

彼は歴史に関する知識だけでなく、読字に関しても小学生離れしていた。歴史に関係する語句はもちろん、それ以外のまだ習っていない漢字も平気で読んでいたりする。読み方や意味を間違って覚えている可能性も否定できないが、歴史の知識を得ることに対するその貪欲さは本当にすばらしい。

「ところでさ——」頼人が雑談めいた口調で尋ねてくる。「応仁の乱って学校でどれくらい学ぶの？」

「応仁の乱？」必要以上に語尾が上がり、間の抜けた鸚鵡返しになってしまった。「応仁の乱……」もちろん知っている。じつはわたしはすこぶる歴史が苦手だったんだが、ちゃんと知っているぞ。「たしか中学の歴史で学ぶよな。いつ、どこで、なにが原因で、誰と誰が戦って、とかじゃないか」

「黒羽さん、応仁の乱ちゃんと知ってるよね」

「も、もちろん」

「じゃあ、いつ、どこで、誰と誰が戦った？」

「場所は京都だ」これは間違いない。「いつ？　一三〇〇年だか、一四〇〇年あたりだったよな。誰と誰が……。たしか東軍と西軍に分かれて……」素直に頭を下げる。「これが限界です」

「一四六七年だよ。場所は正解。もちろんいろんな大名が参戦したけど、細川勝元の東軍と、山名宗全の西軍の戦いだね」

頼人は余裕たっぷりに告げた。

「お見逸れしました」

「でも、こんなのネットで調べりゃわかるし、覚える必要はないよね」

「だよな――」だよな、じゃない。「まあ、いろいろあるんだよ。日本の、歴史の流れを知っておくとかさ。覚える必要うんぬんってのはそのとおりなんだけど、ちゃんと学んだかどうかを確かめるのは、現実的には暗記式のテストにするしかないわけで。難しいところだけど」

「ま、そうなんだろうね……」頼人はつまらなそうに中空に目を投げた。「おれみたいに好きな人間だけ勉強すりゃいいと思うけど」

暗に、歴史以外の勉強について思うところなんだろう。

歴史について勉強する彼は、歴史について話す彼は、本当に生き生きとしている。それはこの場で見ていてつくづく感じさせられた。

ほかの勉強、つまりは学校の勉強にも興味を持つようにしていきたい、と彼の母親に言ったのはけっして建前ではなかったのだが、いまのところなんのアクションも起こしていなかった。いまはまだ時期尚早だと思えるのだ。

内容はなんであれ楽しく勉強している子の、やる気を削（そ）ぐようなことはしたくなかった。

この日のクロワッサン学習塾も平穏無事に四十五分が経過した。

子どもたちの様子を眺めつつ、終わるタイミングを見計らっているときだった。

おもてに気配を感じ、どうも最近こういうことばっかりだなと思いつつ目を向ける。

店の入口の扉の前に人影。頼人の父親、正義と……母親の真理子もいる。

今度はふたり揃ってなにごとかと、小走りで向かって扉を開ける。

「どうされたんですか、ふたりで」

「突然すみません。じつは黒羽さんに折り入ってお話ししたいことがありまして。塾が終わってからでけっこうですので、少しお時間よろしいですか」

「はい、ではちょっとお待ちください。間もなく終わりますので。あ、どうぞなかに入ってください。外は寒いでしょうし」

ばたばたと締めの挨拶をして、子どもたちのいなくなったイートインで三人の大人が向き合う。

頼人の同席は必要なかったようで、真理子は家の鍵を息子に渡し、先に自宅に戻っているようにと告げていた。

正義と真理子のふたりが隣り合った席に座り、わたしは真ん中の通路で丸椅子に腰かけた。ふたりとも固い顔をしており、とくに真理子は内なる怒りを抑えているような張り詰めた表情をしていた。内容はおおむね想像がつくというか、どう転がっても穏やかな話し合いにはなりそうにない。

口火を切ったのは正義だった。

「黒羽さんにジャッジメントをお願いしたいんですよ」

「はい？」

まったく予期せぬ言葉にハテナマークが三つは浮かんだ。

真理子が夫を睨みつける。

「説明はしょりすぎでしょ。順番に説明しなさいよ」

「結論から言ったほうがわかりやすいだろ」

「どこがよ。黒羽さんが混乱してるのわからないの？」

「おふたりとも落ち着いてください。では、順番に説明をいただけますか」

真理子は今度、わたしを睨みつけてきた。いや、たぶん、睨みつけたわけではなく、ただ視線を向けただけなのだろうが、身のうちに渦巻く炎が否応なく瞳から溢れ出ていて、思わず「ひっ」と叫び声を上げげそうになった。

「夫から聞きました。あのあと、夫と話をされたんですよね。そして夫の言い分を呑んで、こちらの塾では頼人の望む勉強だけをさせることにしたと。約束が違うんじゃないですか」

それは予想された展開だった。なるべく誠意を込めてこちらの言い分を伝える。

「わたしも苦渋の決断だったんです。ただ、約束が違う、ということに関しては反論させてください。前回お話ししたときにも、頼人さんに無理やり勉強させることはできませんとお伝えしたと思うんです。その後、正義さんがやってきて、頼人さんがここに連れてこられた理由、おふたりが教育論で反目していることを聞きました。

けっして、正義さんの言い分だけを呑んだわけではないです。真理子さんにお約束したとおり、算数などほかの勉強にも興味を持つように努めると正義さんにも伝えました。そのときわたしが危惧したのは、頼人さんがこの塾をやめてしまうことだったんです。しばらく彼の様子を見守り、そのうえで自分にできることはなにかを考えたかったんです。とはいえ、現状はまだ具体的なアクションは起こしていませんし、どっちつかずの態度を取ったのはたしかです。申し訳ありません」

頭を下げると、真理子の表情が少し和らいだのがわかった。「わかりました――」といくぶんやわらかくなった声で彼女は言った。

「いささか勘違いしていたことは認めます。黒羽さんのお気持ちを信じたいと思います。それで、説明のつづきなのですが、夫が黒羽さんと内通――という言い方は正しくないのですよね。とにかく黒羽さんと話をしたのを知りまして。それで大変お恥ずかしい話なのですが、また夫と大げんかになり――」

「恥ずかしいことがあるもんか。だいたいきみがだな――」

「あなたはちょっと黙っててもらえますか」

真理子はまっすぐ前を向いたまま、目を合わせずに言い放つ。

「けんかの内容は、いつもどおりです。教育方針の不一致です。一時間以上は話し合ったでしょうか――」

「半分くらいは罵(ののし)り合いだったけどな」

真理子が隣をキッと睨みつけ、正義は素知らぬ顔で視線をさまよわせる。

「話し合いの末に夫が提案したんです。このまま何時間話し合っても平行線を辿るだけだと。そこでクロワッサン学習塾の黒羽さんに、どちらの言い分が正しいか、ジャッジしてもらうのはどうかと」

正義が最初に言った「ジャッジメント」とはそういうことかと得心する。いずれにしてもまさかの展開だった。

真理子が顔をしかめる。

「わたしとしては、納得しかねるものはありました。なにしろ黒羽さんは、いちど夫の言い分を呑んだ人です。これは先ほどの話を聞く前ですので、ひとまずそのまま聞いてください。

ただ、このまま何時間話し合っても埒が明かない、というのは同感でした。もういいかげん疲れましたし、いいかげんなんとかしたい。第三者の意見を聞くというのは悪くない提案です。そして周りにいる人物で、黒羽さんが最も適任だというのも納得せざるを得ないところで。わたしも同意したといいますか、そういう、経緯でして……」

最後はやや申し訳なさそうに告げる。

そのような名誉ある役に選んでもらえたのは光栄やら、いい迷惑やら。

正義が身を乗り出す。

「黒羽さんはなにより、頼人のことを考えてくれている。それは前回会ったときにも感じたことだし、今日の発言を聞いていてもしみじみ感じるんですよ。黒羽さんなら信用できるし、その判断を受け入れられる。ぜひともぼくと妻の話を聞いて、どちらの言い分に利があるか、ジャッジしていただきたい。お願いします」

そう言って彼は頭を下げた。真理子も少し戸惑った様子を見せたあと、隣に倣って頭を下げた。

「いえ、そんな、頭を下げられるようなことではありませんので」

そう答えつつ、心中で嘆息をつく。

逃げるわけにはいかないだろう――。

「いまから、おふたりのお話を聞けばいいのですか」

「差し支えなければ、ぜひいますぐにでも」

「ここで？」

「いえ、それは申し訳ないので、我が家に来ていただけるとありがたいかと」

「わかりました」

これはもしかすると河端頼人の未来を決める重要な分岐点になるかもしれない。もちろんわたしは彼の人生に責任を持つことはできない。責任を持って決めるのは彼の両親である正義と真理子だ。

ただ、自分にできることは最大限やっておきたかった。

ジャッジメントを下せるかどうか、下すかどうかはわからない。それはふたりの話を聞いてからだ。でも少なくとも意見を述べて、ふたりが考えるヒントくらいは提供できるのではないか。

とにかくやるだけやってみよう。たぶん刺されはしないだろう。

わたしは腹を括った。

ひとまず康太郎に「頼人の件で、河端家で両親と話をすることになった」と伝えた。夕食の準備をお願いするためだ。何時に戻れるかわからないので、自分は気にせず真司とふたりで先に摂っておいてくれとも。

康太郎は家ではまるで料理をしない人間だったが、そこはパン職人。母が死んでひとりになってからも食事に関しては問題なく暮らしていたようだ。カレーやカツ丼など、得意なのは一品もののわかりやすい料理が多いので、真司も喜ぶかもしれない。

正義と真理子とともに河端家に向かった。

辿り着いた建物は一軒家だった。豪邸や邸宅というほど立派ではないが、屋根つきの駐車場もあり、地方都市では一般的な広さと大きさといったところか。灰色と白のツートンカラーの壁を持つ、直線が多用されたおしゃれなデザインの二階建て家屋だった。

ダイニングキッチンとひとつづきになったリビングに通される。

木の風合いをそのまま生かした大きなローテーブルがあり、三方にソファが置かれている。そのひとつに腰かけると、すぐさま真理子が尋ねてきた。

「コーヒーでよろしいですか」

「いえいえ、おかまいなく」

「おかまいさせてください。こんな無理なお願いをしているんですから」

「では、コーヒーをお願いできますか」

「わかりました。ちょうど先日友人に貰った、とても希少な、おいしいコーヒーがあるんですよ。ぜひ黒羽さんに味わってもらいたくて」

このやり取りを不機嫌そうに、目を細めて見つめていたのは正義だ。打って変わってにこにこ顔になって隣に腰かけてくる。

「黒羽さん、焼き肉とかお好きですか」

「え、あ、まあ、好きですね」

「そうですか。横須賀のほうなんで少し距離はありますが、知人の経営する焼き肉店がありましてね。招待券をお渡ししますので、ぜひ真司くんといっしょにでも」

「あ、いやいや、そんなもの受け取るわけには」

テーブルにコーヒーが置かれる。

「黒羽さん、困ってるじゃないですか。それに、あからさまに黒羽さんのご機嫌を取るの、やめてもらえます？」

「先にご機嫌取りしてたのはきみだろ。これ見よがしに『高級なコーヒー』とか言ってんじゃないよ」

「高級とは言ってませんよ、希少だと言っただけです。事実を言っただけだし、お客さまにコーヒーをお出しするのは当然でしょ」

取りなそうとしたらしたで面倒なことになりそうだし、苦い顔で笑うことしかできない。保ってくれ、おれの胃。

正義はお茶をグラスに、真理子は飲み物を用意せずに腰かけた。コーヒーはわたしだけのようで少し気まずい。

なにをどこからはじめるべきか、という空気になったので、とりあえず司会役よろしく、話を振ってみる。

「以前、正義さんのお話、教育論については伺いました。真理子さんは完全に反対、という立場になるんでしょうか」

「まあ、そうですね」固い顔でうなずく。「彼の言うことはむちゃくちゃだと思いませんか。小学校は義務教育なんですよ。義務なんです。親は子どもに、ちゃんと教育を受けさせる義務があるんですよ。それを放棄していいんですか」

「教育を放棄するなんてひと言も言ってないだろ」

「言ってるでしょ。好きな勉強だけやってりゃいいって」

「それのどこが教育の放棄なんだ」

「算数を放棄させてるでしょ。算数は義務教育のひとつでしょ。算数だけじゃなくて、ほかのも含めて」

「だから、いまはやる必要はないって言ってるだけだ。嫌々やったって身につかない、意味がない」

「多かれ少なかれ、勉強なんてみんな嫌々やるもんじゃないですか。わたしは算数嫌いだし苦手だったけど、ちゃんと足し算引き算くらいはできます。嫌々でもやってよかったって思ってます」

「じゃあ高校でやった微分積分とか集合とか命題とか、きっちり説明できるか？　いまも解けるか？」

「いま高校の話はしてません」

「小学校とも関係する話だ、とりあえず答えてくれ。いまも覚えてるか？　解けるか？」

「覚えて、ないです。いまはもう解けないと思う」

「だろ！　じゃあ、そのときなんのために覚えたんだ。勉強に費やしたその時間、きみの人生に意味はあったか」

「意味はあったでしょ。大学受験に必要だったんだから」

「そこだよ。けっきょく学校の勉強なんてもんは、大学受験のために必要だから、みんなやってんだ。じゃあ考えてみてくれ。小学校でやる勉強、全部大学受験に必要か？」

「算数は必要でしょうよ。基礎からの積み重ねなんだから」

「ああ、それは認める。そのとおりだ。ほかにも国語なんかも必要かもしれない。けど、まるで無意味な勉強は山ほどあるだろう」

「無意味じゃないでしょ。そりゃ大学受験に直接は繋がらない勉強もありますよ。小学校で学ぶのはそれだけじゃないんだから」

「じゃあ、なにを学ぶんだよ」

「もっと、いろんなものでしょ。物事の考え方だったり、生きるのに必要な、いろんな知識だったり……」

「はっ！　小学校で学んだ知識なんてなんの役に立つ。そんなもの知らなくてもまったく支障なく生きてるが」

「そんなの人によるでしょ」

「そのとおり！　人によるんだ。だったら必要とする人間だけ学べばいい。あるいは必要になったとき学べばいい。吸収力の旺盛な子ども時代を無駄に費やして、全員が同じことを学ぶ必要なんてない。全員違うんだ」

「表面的に役に立つ立たないの話じゃないでしょ。みんなといっしょに学ぶことに意味があるのかもしれない」

「かもしれない、なんて曖昧にもほどがある」

「それはわたしたちが考えることじゃないでしょ。いろんな人が、この年代の子どもには必要なものだと考えて、授業の内容ってのは決められてるんだから」

「本当にそう信じてるのか？」

「だいたい、我慢して勉強することを学ぶのも大事なことでしょ。この先の人生もずっと、我慢しなきゃいけないことだらけ。勉強だけじゃなくてね。集団行動を覚える必要もある。好きなことだけやって、それで生きていけるわけじゃない。いまからそんなわがままを許していいの?」

「いいさ。いいに決まってる。なんで子どものうちに我慢なんて覚える必要がある。そんなもん、大人になれば嫌でも覚える。覚えてしまう。自由に育ったおれも、いまは日々我慢だらけだ。集団行動もだ。なんでそんなもん子どものうちに覚える必要がある。子どもはもっと自由でいいだろ。学校でしか学べないものってなんだ? それはそんなに大事なものか?」

「大事なものでしょ。大事だから、みんなちゃんと小学校に通わせるのよ」

「嘘だね。ほとんどの親はそんなこと露ほども考えてない。ただ、小学校に通わせるのが〝当たり前〟だから通わせているんだ。まさに学校教育の賜物だね。なにも考えず、疑問を持たず、集団行動がきちんとできる、為政者の言うことを従順に聞くロボットだ。おれは頼人をそんな人間に育てたくない」

「だからそれがむちゃくちゃだって言ってるの。あなたの言ってることはなんの根拠もない思い込みじゃない」

この言葉は効いたようだ。正義は強張った顔で妻を睨みつける。

司会役として第一声を発したときは、まずはとにかく穏やかに、順番に話を振ってお互いの言い分を聞いていこうと考えていたのだが、まったく出る幕はなかった。まさか出だしから丁々発止のやり取りが繰りひろげられるとは思わなかった。

わたしはふたりの会話から置いていかれないように、必死に追いすがっている心境だった。

正義はまるで景気づけのように手もとに置いていたグラスからお茶をグッと飲んだ。わたしも雰囲気に呑まれてすっかり飲み忘れていたコーヒーを口にする。

正義は握ったグラスの、揺れる水面を見つめながら告げる。

「たしかに、自分の経験則の話かもしれない。でも、おれというたしかな根拠がここにあるのは事実だろう。おれは小学校にも中学校にも行かなかったし、自ら望まない勉強はしなかった。でも、なんの問題もなかった。そ――」

「でもそれは――」

「いいから、最後まで聞いてくれ。おれはべつに小学校が不必要だとは言ってない。必要とする子どももいるだろう。必要とする親や家庭もあるだろう。しかし、全員無理やり行かせる必要があるのか、と問うている。おれは、頼人はそっち側の人間じゃないと言ってるんだ」

「そっち側ってどっち側よ。学校に行く子どもは、くだらないロボットになるしかない人間だって言いたいの？」

「そういうひねくれた言い方をするなよ。そういう要素もあるかもしれんが、頼人はだな、明確に好きなものがあるだろ。それを突き詰めさせてやるのが、彼に必要な教育だと言ってるんだ」

「歴史学者にでもさせるつもり？」

「それは頼人が決めることだ。おれたちが考えることじゃない」

「考えることでしょ。だいたい歴史の知識なんてどれだけ増やしたってお金にならないでしょ。それで食べていけないでしょ」

「そんなことないだろ」

「そんなことあるでしょ。これがね、もし、頼人が数学にすごい興味を持ってたら、考えるわよ。わたしだってわかる。これからの時代、数学の天才はたくさんの企業から引く手あまたになるだろうって。でも、歴史の天才になって、食べていけると思う？」

「いろいろあるだろ。研究者になってもいいし、歴史小説を書いたっていい」

「歴史の研究で食べていける人間なんて日本に何人いるのよ。歴史の知識があれば小説を書けるわけじゃないでしょ。現実的には大学教授とかでしょうけど、だったらけっきょく歴史以外の勉強ができなきゃダメじゃない。集団行動が取れなきゃダメじゃない」

「小学校と集団行動をイコールで結ぶな。おれだって得意じゃないが、べつに問題なく社会人ができてるだろうが。それに集団行動ができるというのは、べつに美徳でもなんでも――」

「その前の疑問にぜんぜん答えてない」

「歴史は食えないって話か？　まずもってその考えが理解できん。なにを好きになるかと、食えるか食えないかは別の話だ。きみは金になるかならないかで好きになるものを決めるのか」

「だからそんな話はしてないでしょ。わたしは頼人の将来のことを言ってるの」

真理子は切実に訴えかけるように言った。

彼女の持ち出した「数学の天才と歴史の天才」のたとえ話は、わたしにとっても考えさせられるものだった。

彼女の言っていることは現実を踏まえた真実だ。けれど、お金になるかならないかで子どもの興味を選別することには違和感がある。これはスポーツでもそうだろう。将来お金になる、プロとして食べていける競技に子どもが夢中になれば全力で支援するが、どれほど上達してもお金にならない場合、もっとほかのことに興味を持ちなさいと諭すのだろうか。それが正しいことだとは思えないが、子どもの将来を考えれば絶対に悪だとも言いきれない。

その子にとって、どちらが幸せなのか——。

正義はあさってのほうを向いてため息をついた。吐き捨てるように言う。

「頼人は、おれが面倒を見てやる。あいつにはお金のことなんか考えず、ただひたすら好きな歴史の勉強だけをさせてやりたいんだ。頼人の幸せを考えたら、それがベストだろ」

攻撃的だった真理子の口調は、静かに、語りかけるようになっていた。

「わたしたちも、いつかは死ぬんだよ。普通に考えれば頼人よりも先に死ぬわけだし、もしかしたら頼人が独り立ちする前に死ぬかもしれない。そしたら頼人はどうなるの。あなたが言うように育てたら頼人はどうなるの。小学校にも中学校にも行かず、ほとんど勉強ができない。勉強のやり方もわからない子どもの面倒を、誰が見てくれるの。食事くらいは誰かが与えてくれるでしょうけど、わたしたちみたいにわがままを許してくれるわけがない。そうなったら頼人はどうなるの。幸せになれると思うの」

「架空の話をするな」

「架空の話じゃない。人間はいつ死ぬかわからない。親が死んでも、子どもがちゃんと生きていけるようにと考えるのは、親の務めでしょ」

「そんなこと言い出したらきりがないだろ。ああなるかもしれない、こうなるかもしれない、ありとあらゆる可能性を考えはじめたら、なにもできなくなる」

冷たい目をして、今度は真理子がため息をついた。

たしかにいまの正義の言葉は苦し紛れの暴論というか、いまひとつ説得力に欠けるものだった。少なくともいまの一連の流れについては、真理子の勝ちと言ったところか。

正義にもその自覚はあったのか、「きみの言っていることに一理あるのは認める」と言った。

「ただ、おれの主張は変わらないよ。少なくともいまはまだ、やりたくない勉強をやらせる必要があるとは思わない。彼が望まないなら、わざわざ学校に行く必要があるとも思わない。好きな歴史の勉強だけを思いきりさせてやりたい。なにかひとつ好きなものに打ち込める人間は、どうやったって幸せに生きていけると信じている。たとえ歴史では食えなくてもだ。学ぶ楽しさ、なにかに打ち込む充実感を知ってるからだ。

むしろ無理やり勉強をやらせることで、勉強が嫌いになるのが怖いんだ。そのほうがよっぽど人生で苦労すると思わないか。世の中を見てみろ、勉強を強要された挙げ句、勉強嫌いになった人間がいかに多いか。幸い頼人には好きなものがある。夢中になれるものがある。いまいちばん大事なのは〝学ぶ楽しさ〟を学ぶことだと思っている」

一気に語り、言いたいことは言ったと納得した表情を見せた。発言を促すように妻を見やる。

「わたしも、主張は変わりません。あなたの言いたいこともわかる。でも、やっぱりわたしには絵に描いた餅としか思えない。理想論としか思えない。うまくいくかもしれない。でも、それ以上にリスクが大きすぎる。あなたの言っている教育論だと、けっきょくドロップアウトするのと同じじゃない」

「まったく違うだろ！」

「最後まで聞いてください」

正義は前のめりになった体を戻し、わたしにちらと視線を向けたあと、「わかってる」とソファの背に体重を預けて不機嫌そうに腕を組んだ。

「たしかにまったく同じじゃないかもしれない。でも、外から見たら同じに見えてしまうの。べつにわたしは世間体のことを言ってるんじゃない。そうなったとき、けっきょく損をするのは頼人なのよ。周りの人間は、小学校で不登校になった子、としか見ないのよ。学校の勉強がまったくできない子、としか見ないのよ。

たしかにあなたは小学校にも中学校にも通わず、高校にも行かず、大検を取って、大学を卒業して、立派に社会人として生きてる。それはすばらしいことだと思います。立派だと思います。でも、頼人も同じことができるとはかぎらないじゃない。

わたしだって、いまの学校教育が絶対的に正しいとは思わないよ。無駄なこと、子どもにとってむしろマイナスのこともあるでしょう。全員に一律の教育を施すこと自体、あなたの言うとおり正しいことではないのかもしれない。わたしにはわからない。でもとにかく、現実に合わせていくのがいちばん賢いやり方なの。理想を追って、そりゃあなたは満足でしょうけど、けっきょく損をするのは頼人なの」

正義がなにかを言いかけるようにして、先ほどの言葉を守って口をつぐんだ。真理子は「わかってる」とつづける。

「あなたの教育方法が頼人にとって成功の礎になるかもしれない。でも、そうならない可能性だってある。むしろその可能性のほうが高いと、わたしは思えてならない。だったら、ベストじゃないかもしれなくても、やっぱりほかの人たちと同じように〝当たり前〟とされる道を歩ませるのがいちばん間違いがないじゃない。あなたのやり方は、リスクが大きすぎる」

言いたいことは言ったというふうに真理子は強くうなずいた。けれどその瞳は少し悲しげでもあった。

この話を頼まれたときはどうなることかと案じていたが、ふたりとも理性的に、自分の考えを整理して話してくれたように思う。それはわたしという観客がいたから、という効果は多分にあったはずだし、その点では役に立てたようだ。おかげでふたりの主張を短い時間で理解することもできた。

天然木のテーブルの上にしばしの沈黙が満ち、これを打ち破るのはわたしの役目であろうと察する。

「ありがとうございます。おふたりの主張は、教育論は、おおむね理解できたと思います。なにぶん時間は短く、どこまで深く理解できたかはわかりませんが、わたしの率直な感想を述べてもいいでしょうか」

ふたりは固唾を飲み込むようにうなずいた。

「ずるい言い方かもしれませんが、どちらも正しい、というのが率直な感想です」

どちらの顔にも小さな落胆が浮かぶ。けれど、それが紛うことなき本音だった。

「正義さんのおっしゃる教育論は、すごく納得できるんです」

彼は自身の経験をもとに、いまの義務教育の問題、不足している点を的確に指摘している。個々の子どもたちの資質、やる気、興味をいっさい斟酌せず、定められたカリキュラムに則り、ただひたすらに知識を詰め込むだけの教育。

これでは多様な才能を持った人間を効果的に育てることはできないし、このやり方に馴染まない、ついていけない子どもが大量に出てくるのは当然の話だ。不登校の子どもたちの多さがそれを物語っている。

大前提として、不登校になる子どもに問題があるのではない。家庭に問題があるのではない。不登校を生み出すシステムに問題がある。そこを履き違えたまま突き進めば、いずれこの国の教育システムは成り立たなくなると確信できる。

「正義さんは、やらされる勉強で、勉強が嫌いになるのがいちばん怖いことだとおっしゃってました。それは本当に、そのとおりだと思うんです」

知識を詰め込む、一律の教育のいちばんの欠陥はそこだろう。

やりたくないこと、興味のないことをやるのは誰だって嫌だ。大人だって嫌だ。勉強についていけても、勉強そのものが嫌いになる子も出てくる。大学に受かるまでと我慢して勉強して、その後も勉強嫌いをこじらせたままの人間は少なくない。授業についていけない子は、なおさらだ。

人生は学びの連続である。豊かな人生は学びの先にある。

大人になってから勉強が楽しくなったと語る人は多い。それは歳を取ったからじゃない。自らの興味に従い、自ら望み、自ら勉強をしたからだ。でも、それに気づけるのは一部の人だけだろう。

「でも、真理子さんのおっしゃることも、まったくもって正論です。ぐうの音も出ないほどの正論です」

たとえさまざまな矛盾、問題、マイナス点を抱えていようと、現在の社会は、現在の教育システムを前提に成り立っている。そこから外れることは多大なリスクを伴う。けれど、力があれば、才能があれば、レールを無視して突き進むこともできるだろう。けれど、力があっても、才能があっても、レールを無視して突き進む人生は過酷だ。

「真理子さんの不安はよくわかります。正義さんの教育論は、はた目には高邁なドロップアウトと変わらないというのも、そのとおりだと思うんです。どんなに高邁な理想があっても、社会一般の見る目は変わりません。現実は変わりません」

フリースクールなど、普通とされる学校教育からこぼれた人間をすくい上げるシステムもさまざまに存在する。しかしそれとて十全であるとは言えないし、金銭面のハードルも高い。

さらには悲しいかな、レールから外れた人間に対する仕打ちは冷たく、厳しい社会である。制度の面でも、金銭面でも、社会生活でも。余計な苦労を背負うという現実は厳然と立ちはだかる。

「おふたりが何度話し合っても、お互いに納得できない理由も見えてきました。双方とも、現状認識が大きく隔たっているわけではないんです。ただ、リスクとリターンをどう評価するか、人生のリスクをどれだけ取るかだけの違いなんだと思うんです。

けれど、それをおふたりで話し合って、納得し合うのは難しいでしょうね。リスクもリターンも数値化するのは不可能ですから。個人の主観のぶつけ合いになってしまいます」

数値化できない以上、客観的には語れない。考え方も人によってさまざまだ。お互いの主張が平行線を辿るのも当然だった。

ふたりは納得したような、納得できていないような、複雑な表情をしていた。

「以上を踏まえ、結論を告げてもいいでしょうか」

ふいに四つの瞳に力が漲り、わたしに突き刺さる。

わたしは乾いた唇を舐め、つばを呑み込んだ。

「結論としては、わたしにはジャッジできません」

正義と真理子の顔に、ありありと落胆の色がひろがるのがわかった。予想された反応で、わたしとしても心苦しかった。

「申し訳ありません」テーブルの上で頭を下げる。「ご期待に添えないのは心苦しいのですが、やはりわたしが判断するべきことではないと思うんです。これは頼人さんの未来に関わることです。わたしにできることは、先ほどの言葉がすべてです。おふたりの主張は、どちらも正しい。どちらを選んでも間違いではない。けっきょくはリスクと可能性をどう考えるか、どうバランスを取るかの問題でしかないんです。だったら、わたしが決断するべきではない、というのが結論です。

　繰り返しますがおふたりの主張はどちらも正しい。それをまずはお互いに認めていただければと思うんです。そのうえで、将来のリスクをどこまで考えるのか、取るのか。頼人さんにとってなにが最善の選択なのか。時間をかけて、おふたりで話し合いをつづけるしかないのではないでしょうか。頼人さんの将来を決めるのは、ご両親である正義さんと真理子さんしかいません。わたしが決めてはいけないと思うんです」

　ふたりが顔を見合わす。その表情は落胆から、あきらめに似たものに変わっていた。視線で会話を交わし、先に正義が口を開く。

「たしかに、そうかもしれませんね。こちらこそ、むちゃなお願いをしてしまった。申し訳ないです」

　真理子がつづく。

「ですよね。頼人の未来は、わたしたちで決めなきゃいけない。おっしゃるとおりです。それに黒羽さんが指摘してくださった点は参考になりました。わたしたちがぶつかっていた理由はなんとなく察していましたが、わかりやすく整理できた気がします。これからはもう少し建設的な話し合いができるかもしれません。いや、そうしないといけないですよね」

「そのとおりだな。お互い、いがみ合うような態度でしか話し合ってこなかったからな」

正義の言葉に、真理子は呆れたように目と口を開く。

「それはあなただけでしょ。わたしはそんな態度で話し合いに臨んだことなんてありませんよ」

「なにを言ってる。いつも先に突っかかって——」

「まあまあおふたりとも！　落ち着いて、冷静に。お互いの主張を受け入れるところからはじめましょう。建設的な話し合いは、そこからです」

一抹の不安は覚えるが、このふたりを信じるしかない。

「ひとつ、提案なんですが。おふたりが結論に至るまで、ひとまず現状維持でもいいのではないでしょうか。折衷案とはいえ、現状はそんなに悪くないとわたしも思いますので。小学校にはちゃんと通う。ただし彼が望まない勉強を無理にさせることはしない。いかがでしょうか。幸い頼人さんはまだ小学四年生です。当面はこの状態をつづけても、それほどリスクは高くないと思いますし」

再びふたりは顔を見合わせた。どちらかというと不満げなのは真理子のほうだ。正義はそれでいいんじゃないかと表情で語っている。

彼女は小さく吐息をついた。

「わかりました。しばらくは現状を維持します」

「ありがとうございます」わたしが礼を言うのも変な話なのだが、素直にありがたいと思ったのは事実だった。「それでできれば、うちの学習塾にも引きつづき通わせていただきたいです」

やはり真理子の顔は曇る。その表情を見て取ってか、正義は機先を制するように大声を張り上げた。

「当然です。現状を維持するなら、当然黒羽さんの学習塾にも引きつづき通うのが道理ってものです。――なっ！」

同意を求められた真理子は目を細めるだけでなにも答えなかったが、反論することもしなかった。気は進まないが流れとして黙認するしかない、ってところだろう。

正義はわたしに視線を戻す。

「引きつづき勉強を教えていただけるとありがたいです。もちろん、頼人が、やりたい、勉強を」

最後の言葉は誰かに言い聞かせるように、区切るように発音してわざとらしく強調していた。そういうところだぞ、と頭を抱えたくなる。

案の定、真理子はため息をつきながら首を振っていた。

正義にはもうちょっと大人になってほしいと思うところはあるのだけれど、さすがにそんなことは言えない。

河端家を辞去する。

外はすっかり暗くなっていた。今宵は月も出ていないのか、いつにも増して暗く感じた。

河端家での話し合いは危惧していたよりは長引かなかった。それでももう、康太郎と真司は食事をはじめていそうな頃合いだ。

いまから帰るとメッセージを送りかけ、まあいいかとスマホをしまった。

これでよかったのだろうか——。

やはり思考はここを巡る。自分が決めることではない、という結論が間違っているとは思えなかった。でもなぜか、釈然としない気持ちが残っていた。

もう少しなにか、自分にできることはあったんじゃないか。

そんな思いが消えず、けれどそれがなにかがわからない。自分にできることは、引きつづき頼人を見守ることではないか。そう考えてみても、自分のなかでわだかまる思いは消えてくれない。

とはいえ、引きつづき頼人を見守りたい、という思いは紛れもなく自分のなかにあった。

学習塾の継続を願ったのはそのためだ。でも同時に、間近に控えたイベントに頼人を参加させてやりたい、という思いがあったのも否めない。隆之介のための謎解きゲームだ。

先日、未来屋からシナリオの骨子が送られてきた。

その内容は想像を超えるものだった。なぞなぞとは言わないまでも、小学生向けの、ゲーム感の強いものになるだろうとなんとなく思っていた。そうではなく、未来屋は本気をぶつけてきた。

最初は納得できない部分もあり、彼とはネットを通じて何度かディスカッションを重ねた。いまはもうしっかり納得しているし、確信している。

このイベントはすごく楽しいものになる。

なによりわたし自身がとてもわくわくしているのだ。

いま頼人に抜けられるとシナリオの再考が必要になる、という現実的な問題はあるとしても、彼にもこのイベントに参加してほしい、という純粋な願いが強かった。

つらつら考えながら歩いているうちに、道の向こうに我が家の明かりが見えてくる。

河端家では偉そうなことをいろいろ言ったが、自分は真司の将来についてどこまで考えているのだろうと、ふいに思う。わたしは正義のような強固な信念を持っていない。学校教育の問題点、矛盾点を知りつつ、けれど見て見ぬふりをして、「それが当たり前だから」という理由だけで小学校に通わせている。

それははたして正しいことなのだろうか。

真司にとっていいことなのだろうか。

問われているのは、わたし自身のあり方ではないのだろうか。

答えは見つからないまま、自宅の玄関を開ける。かすかに、温かなカレーの匂いが漂ってきた。

第五話　クロハ・ベーカリー密室殺人事件

最初は真司の家に遊びにいくため、何度も通った道。

去年の冬からは、学習塾に通うため何度も通った道。

なんでもない住宅街。とくに変わったものがあるわけでもなく、日本中どこにでもありそうな住宅街。道中で唯一目を引くのは、岩みたいな変わった外壁を持つ大きな家があることくらい。

そんななんでもない道も、今日が最後だと思うとなんだか寂しいものがあった。真司の家に行くために通ることはあるだろうけど、クロワッサン塾に行くために歩くのは今日で最後だ。

クロワッサン塾は、ぼくの人生の転機になった場所だ。黒羽さんから初めてディスレクシアの話を聞かされたこと。クロハ・ベーカリーに通って勉強をしたことは、きっとずっと忘れない。

ぼくは風景を目に焼きつけるようにいつもよりゆっくり、あたりを眺めながら歩いた。そんなセンチメンタルな自分が、少しおかしくもあった。

クロハ・ベーカリーに着く。

入口の扉を開けるとカランカランと涼しげな鐘の音が鳴る。入って左手の奥、売り場を抜けた先にあるイートインに向かう。真司、河端、一條さん、すでに全員が揃って席に着いていた。一條さんは本を読んでいて、真司と河端はなにをするでなく、ぼんやりとなにもないところを見つめていた。明らかにいつもとは違う雰囲気を感じる。

棚の前で腕を組んで手持ち無沙汰にしていた黒羽さんがぼくを見つけ、わざとらしいくらいの笑顔を向けてきた。

「やあ、今日はよろしく」

「よろしくお願いします。ぼくはなにをするか、なにもわかってないんですけど」

「まあまあ、とりあえずなにも考えずに参加してくれたらいいから」

「はあ……」

曖昧にうなずくしかない。

今日は今年度最後の塾で、ぼくが参加する最後となるため、なにか「特別な」イベントがあるのだと黒羽さんからは聞いていた。ただし内容については「それは当日のお楽しみということで」とはぐらかされた。教えてくれたのは「いつもよりも時間が長くなりそう」ということだけだ。

終わってから送別会的なことをしてくれるの？　と真司や河端に学校で鎌をかけてもまるで教えてくれなかったし、そのときのふたりはあからさまに挙動が不審だった。だからきっと、サプライズ的なものがあるのだろうとは予想していた。

たとえばみんなでつくった「ぼくの顔のパン」を贈ってくれるとか。

とはいえ、予想がもし当たっていたら喜びが半減してしまうし、予想よりも大したことじゃなかったらそれはそれで悲しいので、あまり考えないようにはしていた。

正直、べつにいつもどおりにやってくれたらいいのに、とは思っていた。みんなで盛大に送られても気恥ずかしいし、特別なことがなくてもクロワッサン塾はすでに充分、ぼくの思い出になっている。

ぼくが席に着いたところで、「みんな揃ったね」と黒羽さんが言った。

「じゃあ少し早いけど――」

そのとき涼しげな鐘の音が聞こえた。入口の扉が開き、誰かが入ってくる。すぐに真司のおじいさん、つまりこの店の店長さんだとわかった。

「すまんすまん――」黒羽さんに向けて手のひらを立てて前後に振る。「もうはじまってたか。ちょっと裏にいるから」

そう言ってレジのほうを親指で指した。

「ああ、うん。わかった」

黒羽さんが答え、店長さんはレジの裏手にあるドアを開けて入っていく。あのドアの向こうに入ったことも見たこともなかったけれど、パンをつくる厨房があるんだろう。

それにしても……、ぼくは眉をひそめてしまう。

塾の途中で店長さんが店にやってくることは過去にもあった。自分の店だし、定休日であっても用事ができることはあるだろうし、それはぜんぜん変なことじゃない。ただ、いまのやり取りはどうにも白々しさを感じさせるものだった。まるで台本を読んでいるような……。

もっとも、不自然さは店に入ってきたときから感じていた。みんなの様子は明らかにいつもと違い、返してくる挨拶もぎこちなかった。なんというか、店内にうっすら緊張感が漂っているような感じなのだ。

さて――、と黒羽さんが仕切り直す。

「本日のクロワッサン学習塾をはじめましょうか。よろしくお願いします」

「よろしくお願いします」

いつもどおりに塾がはじまる雰囲気だったが、つづけられた黒羽さんの言葉はやはり、いつもとは違うものだった。

「今日が今年度最後だ。そしてみんなも知っているとおり、隆之介は四月から東京に引っ越す。したがってこの学習塾に参加するのも今日で最後となる。それで今日はふだんとは違う、特別なイベントをやろうと思うんだ。その内容は、いまはまだ伏せておこうと思う。理由は聞かずに、まずは全員にやってもらいたいことがあるんだ」

ん？　とぼくは首をひねった。イベントの内容を知らないのはぼくだけだと思っていたけれど、まるで真司たちも知らないような口ぶりだった。

「いまからぼくを含めて全員、ひとりずつ店の外に出てもらう。みんな知ってると思うけど、店を出て左側に、青い屋根の一軒家が見える。うちの家だ。その玄関先に、ニット帽をかぶったひとりの男が立っている。彼のところに行ってほしい。行って、彼から話を聞いたら、またここに戻ってくる。それだけだ。ひとり目が帰ってきたら、次の人が出ていく。それを繰り返す。簡単だよね。さて、まずはぼくからでいいかな」

異論が出ることもなく、最初は黒羽さんに決まった。カランカランと鐘の音を響かせて彼が外に出ていくのを眺める。

まるでわけがわからなかった。そのニット帽の男というのは何者なんだろう。この塾に関係したり、繋がりがある人物といえば店長さんくらいしか思いつかない。しかしその店長さんは奥の厨房にいるはず。加えて、イベントの内容がまるで予想もつかない。

ともあれ、いまは自分の番が来るのを待つしかなかった。


時間にして二、三分だろうか、再び涼しげな鐘の音が聞こえて反射的に目をやる。黒羽さんが戻ってきた。

「次は誰にしようか」イートインをぐるりと見回す。「じゃあ前から順番に、茉由利からでいいかな」

はい、と小さく答え、彼女は立ち上がった。同じように店から出ていく。

茉由利が戻ってきて、次いで真司が出ていく。真司が戻ってきて、今度は河端が出ていく。ぼくは最後だった。

戻ってきた真司と一條さんは、ただ黙って席に着いているだけ。ふたりとも背中を向けて座っているので表情は見えない。ただ、戻ってくるときに見たかぎり、真司の表情にはやや緊張の色が見えた。もっともそれは塾がはじまる前からだったように思う。

河端が戻ってきて席についた。黒羽さんが「最後は、隆之介だな」と言い、ぼくは「はい」と言って立ち上がる。

さあ、玄関前にはどんな男が立っているのか、ぼくになにを言ってくるのか。

立ち上がって、通路に一歩を踏み出した瞬間だった。

店の奥のほうから大きな音が響いた。大きな物が倒れたような、激しい音。

「なんだ？」黒羽さんが振り返る。「父さん？」

黒羽さんが小走りでレジに向かう。真司と一條さんがあとを追い、ぼくも慌ててつづいた。河端もぼくのうしろについてくる。

黒羽さんがレジ裏のドアを開けてなかに入り、全員がつづいた。

初めてベーカリーの厨房に足を踏み入れた。第一印象は、思いのほか広く、思いのほかいろんなものがあるな、というものだった。

オーブンや冷蔵庫だろうか、銀色の大きな機械がいくつもあり、パンをつくる場所もある。多種多様な材料が棚にぎっしり並び、焼くときに使う天板やカップ状の容器なども驚くほど大量に収められていた。

さまざまな機械や器具、食材などの量は想像をはるかに超えたものだった。ただ、厨房は広く、狭苦しい感じはなかった。死角がゼロってわけではなかったけれど、店長さんの姿は見当たらない。

黒羽さんが奥の壁のほうを指さした。

「裏口は閉まってる。父さんがなかにいるのは間違いない」

最初の店長さんとのやり取りと同様に、再びセリフ臭い。

指さした先にはいかにも裏口といった銀色のドアがあった。しかしドアの前には青い台が置かれ、その上に茶色い大きな袋が積まれている。見た目からして重そうだ。ドアの鍵がかかっているかどうかにかかわらず、たしかにこれでは開け閉めすることはできそうにない。

「事務室だよ」

さらに輪をかけてセリフっぽく真司が言う。なんとなく、見えてきたものがあった。

厨房の右手の壁にもドアがある。白い壁に白いドアだ。黒羽さんはうなずいて、そちらに向かった。

店長さんはたしかにその部屋にいた。ただし、床に倒れて。

「おじいちゃん!」

「父さん!」

真司と黒羽さんが叫ぶ。やや白々しく。

店長さんは突っ伏すように倒れていた。右手を上に、左手を下に向けて投げ出し、背中は赤い液体に染まっていた。おそらくは血——正確に言うならば〝血に見せかけた液体〟だろう。溢れ出した血は白い床にも達し、周囲を赤く染めていた。

ぼくの口もとはゆるんでいた。ようやく今回の「特別な」イベントの内容が見えてきた。

うっ！　と真司が口もとを手で押さえ、すぐに事務室から出ていく。「真司！」と叫んで、黒羽さんがあとを追った。

「うわ、これはキツいな……」河端が顔をしかめる。「ごめん。おれもアウトだわ」

そう言って軽く右手を上げ、しかめた顔のまま彼も部屋を出ていった。初めてのセリフらしいセリフだったけれど、妙に堂に入っていた。

事務室にはぼくと一條さんだけが残される。

「一條さんは、平気なの？」

というか、平気という設定なの？

「うん。あたしは大丈夫。それより大変なことになっちゃったよね」

「そうだね。大変なことになってしまった」

なにしろ殺人事件だ。これ以上、大変なことはそうそうないだろう。あ、いや、ちょっと待てよ。

「えと、これは、死んでるってことでいいんだよね」

「わかんないよ。そう見えるけど」

一條さんは店長さんのかたわらにしゃがみ込むと、手首を取った。そのあたりは血がついていないので手が汚れることはない。

「脈はないね」次いで床に顔をつけるようにして、店長さんの胸のあたりを見やる。「息もしてないっぽい。だから、たぶん、死んでるんだろうね」

淡々と一條さんは言った。その様子はふだんと変わらず、そう考えると彼女の演技力は抜群だった。もっとも死体を目の前にして冷静でいられるのは変に思えるが、彼女ならそうかもしれないとも思えてしまう。

もちろん店長さんの脈は止まっていないし、呼吸もしているはずだ。実際、背中はわずかに上下していた。

一條さんは立ち上がり、じっと店長さんを見下ろした。

「とにかく、誰が店長さんを殺したのかを突き止めないと」視線をまっすぐぼくに向ける。「隆之介くんの役目だよ」

「ぼ、ぼく、なんだね」

なんとなく気づいてはいたけれど、やっぱりどぎまぎしてしまう。彼女は力強くうなずいた。

「だって、隆之介くんは探偵なんだから」

胸の奥が熱くなる。

去年の秋、廃墟探検に誘われたときに「学校一の名探偵だろ」と言われたときと同じだ。いや、そのとき以上の昂揚だった。

「うん、わかった」

ぼくもまた、強くうなずいた。

うなずきながら、一條さんがワトソン役なのかなと考える。もちろん〝ワトソン役が犯人〟ってのもひとつのパターンなので油断はできない。

「それに、隆之介くんだけだしね。確実に犯人じゃないって言えるのは」

少し考え、「たしかに」と答えた。

「ぼくだけは店長さんを殺せないね」

店長さんが生きているのをイートインにいた五人は目撃している。そのあと死体が発見されるまで、ぼくだけはずっとイートインにいて、ひとりになる時間がなかった。ぼくの順番が最後になったのは、ぼくだけは容疑者にならないようにだろう。探偵として振る舞いやすくなるように。

細かい段取りに気が配られているし、まだ断言はできないけれど、密室トリック系の謎解きっぽい。いったい誰がこのミステリーをつくったのか。

そのとき、ふいにぼくの肩が叩かれた。

「さあ、いよいよゲームのはじまりです」

ニット帽をかぶり、ひげを生やした見知らぬ中年男性。

おじさん、誰⁉

「ああどうも初めまして、推理小説家の未来屋圭一です。しかし自分で推理小説家って言うのはどうも恥ずかしいですね」

「おじさん、作家なの？」

「ええ、まあ。あんまり売れてないですけどね。えーっと、真司さんのお母さんの縁戚でしてね。今回のイベントのシナリオを担当しました。よろしくお願いします。今回ぼくはメタな存在であり、進行を司るゲームマスターです。あ、メタってわかります？」

「ああ、はい。なんとなく。物語を外から見てるような？」

「そうですそうです。ひとつ上の〈層（レイヤー）〉にいる、高次元の存在ってことですね。ぼくが見えるのは隆之介さんだけであり、物語空間では『存在しないもの』として扱ってください」

一條さんはたしかに、彼が存在しないかのように素知らぬふりをしていた。

「いろいろ補足とか、ゲームの進行上必要なことなどを説明させていただきます。現実世界を舞台にするうえで制約はありますし、バックヤードには触っちゃいけないものもありますからね」

「わかりました。よろしくお願いします」

「あと、ときどきスマホをいじりますが気にしないでください。みなさんにタイミングの指示などをおこないますので」

なるほど。みんなの動きをシナリオの進行と連動させるためだろう。真司や河端など、こちらの進行状況が見えない人もいる。

事務室のドアが開き、「遅くなってすまなかった」と黒羽さんが戻ってきた。

「真司は大丈夫だ。祖父の死体を見て気分が悪くなってしまったようだ。イートインにいて、頼人もそばについてる」

それから――、とスマホを掲げる。

「警察に連絡したが、到着までは一時間以上かかるらしい。だから隆之介、きみがこの事件の謎を解いてほしい。父さんを殺した憎き犯人を見つけてくれ」

今度は微笑みつつ、余裕を持ってうなずくことができた。

未来屋さんが一條さんに目配せし、彼女が「隆之介くん――」と語りかけてくる。

「捜査をはじめよっか」

「うん、わかった」

いよいよゲームのスタートってわけだ。

「まずは死体を――」調べます、と言いかけて思い直す。「あの、ごめんなさい、先に裏口を調べてもいいですか」

戸惑いつつ黒羽さんと一條さんに等分に尋ねると、一條さんが小さくため息をついた。

「隆之介くんが探偵なんだから、自分が好きなように動けばいいよ」

未来屋さんも素知らぬふうにあさってのほうを見つめている。ゲームの進行上、問題はないってことだろう。

「うん、わかった。じゃあまずは裏口を調べます」

死体、といっても店長さんは本当に死んでいるわけじゃない。だったら死体から得られる情報はあまりないんじゃないかと思えたのだ。それよりなにより、このゲームの鍵は〝裏口〟、より正確に言うと〝裏口の前の障害物〟にあるはずだった。

殺害現場の調査はあとまわしにしても、まずは裏口の状況を確認しておくべきだと思えた。それによって捜査の方向性が決まるような気がしたからだ。

三人、プラス未来屋さんで移動する。

事務室を出たところで、黒羽さんが厨房の説明をしてくれた。

店の裏側にある、お客さんが立ち入らない場所は、総称としては「バックヤード」と呼ぶことが多いらしい。

面積的にいちばん広いのが「仕込み場」。レジ裏のドアを開けると最初に通じる場所で、パンをつくるメインの区画だ。

ふたつ目が「倉庫」。といっても仕込み場と明確に区切られているわけではなく、材料や器材などを保管する場所をそう呼んでいるだけらしい。売り場からいちばん遠い奥にあり、倉庫のすぐ横手に裏口がある。というか、裏口のそばだから倉庫として使用するスペースになったようだ。材料などは裏口から搬入するためだ。

最後は店長さんの死体が見つかった「事務室」。ドアで仕切られた小部屋だ。文字どおり事務作業や、着替えや休憩に使われるらしい。

仕込み場、倉庫、事務室、総称としてバックヤード。以降、呼称はこれで統一することにする。

あと、未来屋さんのことは基本存在しないものとしてぼくも扱う。

三人で裏口の前に立った。

アルミだろうか、銀色の金属製で、上部は磨りガラスになっている。いかにも「店舗の裏口」といった感じのドアだ。

ドアの前にはぼくの腰くらいの高さの台が置かれている。ドアと同じくらいの幅で、青いプラスチック製。ビールケースのような素材で、台自体は軽そうだ。

しかしその上には大きな茶色い袋が三つ載せられていた。素材は紙で、中身はたぶん小麦粉だ。いかにも業務用といった地味さで、机の天板くらいの大きさがある。

黒羽さんが説明してくれる。

「三つとも小麦粉の袋だね。ひとつ二十五キロ。だから三つで七十五キロになる」

「触って確かめてもいいですか」

「もちろん。破らないようにだけ気をつけてね」

まずはいちばん上の袋に触れてみる。みっしり、と小麦粉が詰まっているのがわかる。軽く持ち上げようとしてみたけれど、まるでびくともしなかった。三つとも、間違いなくみっしり小麦粉が詰まっている。

「ドアは、こっち側に開くんですよね」

「うん。内開きだ」

この状態では仮に鍵がかかっていなくても、ドアを開けるのは無理だろう。力尽くで押してもドア自体が曲がってしまいそうだ。

「ドアの鍵は？」

「かかっている。ただ、鍵はバックヤード内にかけたままだよ。内側からならつまみを回せば開けられるしね」

もっとも、鍵の問題はさほど重要ではなさそうだった。被害者自身が犯人を招き入れた可能性もあるからだ。もちろん店長さんは自分が殺されるとは露知らず、ってわけである。

問題は「外側から侵入することは不可能ではないが、犯行をおこなったあと、裏口からは脱出できない」ということだ。

外に出てドアを閉めたあと、部屋の内側に青い台を置いて、さらにその上に二十五キログラムの小麦粉の袋を三つ積むなんて不可能だ。

「ドアを開けて、外を確認してもいいですか」

黒羽さんが少し戸惑ったように未来屋さんを見やった。未来屋さんがうなずき、黒羽さんは咳払いをする。

「ああ、もちろんだとも」

ちょっと笑っている。存在しないはずの人物とアイコンタクトをしたのが可笑（おか）しかったのだろう。

黒羽さんはきっと、事前に未来屋さんとの打ち合わせをしっかりおこなったはずだ。それでもぼくがどう動くか、なにを言い出すかはわからないわけで、すべての状況を想定するのは無理だ。だから未来屋さんがゲームマスターとして付き添っているのだろう。

黒羽さんは小麦粉の袋をひとつずつ、別の台の上に移動しはじめた。ぼくも一條さんも手伝うことができず、眺めるしかなかった。その様子を見ても、ひとつ二十五キログラムというのが嘘偽りないことは明白だった。

小麦粉を移動し終え、黒羽さんが青い台に手をかけたときに声をかけた。

「あ、その台はぼくが」

ああ、と言って黒羽さんは一歩退いた。

ひとまず台を持ち上げてみる。予想どおり軽く、ぼくでも簡単に持ち上げることができた。台を脇によけ、念のためドアを確かめる。

台と小麦粉に隠れていた部分にも異常は見当たらなかった。猫の出入り口のような隠し扉はないし、なんらかの細工の跡もない。

ぼくは首をひねり、さらにつまみをひねってからドアを開けた。外の冷えた空気に包まれ、思わずぶるっとする。

ドアの向こうは裏の通りに面していた。路地ほど狭くないけれど、さほど広くもない生活通りだ。

見渡すかぎり、怪しげなものはなにひとつ存在しなかった。考えてみれば、謎解きの証拠となる品を店の外の、公共の土地や他人の敷地に放置するなんてゲーム的にありえないはずだ。

ドアを閉め、青い台を元どおりの場所に戻したところで、ふいに思いつく。

「さっきと同じように、小麦粉を台の上に積んでもらっていいですか」

「あ、うん」と黒羽さんが答える。「べつにかまわないけど……」

再び未来屋さんの様子を確認したあと、「了解だ」と力強く請け負ってくれた。

今後も裏口からの出入りを制限するためである。状況はなるべくシンプルにしておいたほうが、あとあとの謎解きはやりやすくなる。

「手伝えなくてごめんなさい」

「いやいや、パン屋は意外と体力勝負だからね。これくらいどうってことないさ」

実際、小麦粉の袋を積み直す黒羽さんの動きは力強かった。

「裏口の前には、ずっと小麦粉が置かれてるんですか」

「いやいや、ずっとってわけではないよ。これでは裏口がまるで使えないからね。昨日から、だね。置く場所がなかったので、とりあえずって感じで」

もちろんこのゲームのための〝設定〟なんだろう。

「裏口の状態を知っていたのは誰ですか」

「ぼくと、もちろん父さんは知っていたよ。ほかの、子どもたちはさすがに知らなかったと思う」

自然な回答だった。けれど仮に犯人が真司や一條さんだったとしても、事前に知らなかった保証はない。店長さんから聞いていたかもしれないからだ。黒羽さんが犯人なら、すべてが嘘だって可能性もある。

いちおう未来屋さんにも確認しておく。

「あの、犯人はもちろん嘘をつきますよね」

「そうですね。原則、登場人物は自分にとって最大の利益を追求します。犯人にとっては、自分が犯人だと悟られないことです」

「犯人以外は嘘をつかないと考えていいですか。それとも――」

「いま言ったように、登場人物は自分にとって最大の利益を追求します。犯人でなくとも嘘をつくことが利益になるなら、嘘をつくこともあるかもしれません」

「たとえば、親が我が子をかばうとか」

「いい例です。犯人でない人物が嘘をつくなら、読者が——まあこのゲームに読者はいないので、隆之介さんが、ってことになるでしょうが、納得できる理由づけは必要でしょうね。親が我が子をかばって嘘をつく、ってのは、いい例だと思います。ほかにも、知られたくない秘密を隠すため、とか。いずれにしても、それを読者、探偵役が推測できる状態でないとアンフェアになるかもですが」

「わかりました。ありがとうございます」

ひとまず裏口の状態は確認できた。

犯人が参加者のなかにいるとして、犯人はどうやってバックヤードから外に出たのか。これは紛れもなく密室トリックだ。

黒羽さん、一條さん、真司、河端の四人は、ひとりずつ順番に店の入口から外に出た。店舗内にあるレジ裏のドアから、こっそりバックヤードに入った人物がいないことは間違いなかった。

その時点ではなにがはじまるのかわからなかったけれど、入口の扉には鐘がついていて、出入りするたびにカランカランと涼しげな音を響かせていた。見るともなく、四人ともが入口の扉から外に出る姿は眺めていて、レジに近づいた気配もなかった。

犯人が事前に店長さんと示し合わせていれば、こっそり裏口からバックヤードに侵入することは可能だった。店長さん自身が事前に小麦粉の袋と台をずらし、鍵を開けておいたのだ。その時間はたっぷりあった。

そして店長さんを事務室で殺害する。

問題はここからだ。裏口から外に出ることは容易だが、ドアの内側に台を置いて小麦粉を積むことは不可能。

レジ裏のドアから戻ってきたとは考えられない。四人とも鐘の音を響かせて入口の扉から入ってきたのは間違いなかった。人は音がすると反射的に目を向けてしまうものだ。『12人の優しい日本人』でも豊川悦司が言っていた。

イートインで待っているあいだは時間を持てあましていて、売り場のほうにもちょくちょく目を向けていたし、出るときと同様、四人が入口の扉から帰ってくるのを見るともなく眺めていたのだ。

レジ裏から売り場にこっそり戻り、鐘の音を鳴らさないようにそっと入口の扉からいったん外に出て、あらためて帰ってきたふりをした、というのも考えられない。そんなことをすれば誰かが、というかぼく自身が絶対に気づいたはずだ。

では、どうやって犯人はバックヤードから外に脱出したのか。

「未来屋さん。仮になんらかのトリックが使われたとして、それは実際におこなわれたと考えていいですか。そういう設定、というだけじゃなくて、今日、この場所で、実際に犯人役の人が動いて実行した」

「そうです。でないとなんでもありになっちゃいますし、ゲームとしておもしろくないですからね。じつは壁に隠し扉があった、とかね。それはないです。犯人役の人はそのとおりに動いてもらいます。実際に殺しはしませんが、実際に殺しているふうに動きます。そこは信用してください」

「わかりました」

思わず微笑む。この人もきっと、ミステリーを愛している。

じつは密室トリックについて、すでに仮説は思いついていた。しかし焦ることなく、現場に残された情報を収集しておくべきだろう。

「それでは事務室に戻って、殺害現場の状況を確認します」

一條さんが静かにうなずいた。

事務室に戻ってきて、あらためて死体を観察する。ぼくは店長さんのかたわらにしゃがみ込んだ。

彼は白い長袖シャツを着ていて、壁際に頭を向けてうつ伏せに倒れていた。上着はテーブルの上に置かれている。着ている白シャツは背中の中心線よりやや左、心臓付近に穴が開いていて、そこから大量の血が溢れていた。死体の手前、足もと付近に血にまみれた包丁が捨てられている。

「背後から、心臓を包丁でひと突き、ってところでしょうか」

ぼくのつぶやきには、反論も肯定の声もなかった。

血は死体の左側にだけひろがっていた。そして死体の右側には、なぜか大量の文房具が床にばらまかれている。色も太さもさまざまなペンが数多くあり、カッター、ハサミ、定規、セロハンテープなどなど。さらにその向こうにはパイプ椅子も転がっていた。

ぼくは死体を回り込んで向こう側に行き、床に散らばるものを間近で観察する。どれも、なんの変哲もない文房具で、血も付着していなかった。

黒羽さんもぼくの隣で片ひざを突くようにしゃがみ込んだ。

「事務室のテーブルの上に、文房具を詰め込んだ箱を置いてたんだ。あれがそうだ」床に転がる、元はクッキー缶だったと思しき箱を指さす。「おそらく倒れた拍子に手がかかって、床にぶちまけられたんだろうね。父さんは、先ほど大きな音がしたときに刺されたんだろうか」

まるで定められたセリフのように――実際そうなんだろうけど――黒羽さんは言った。

「いえ、そうとはかぎらないと思います」

だとすれば全員、犯行が不可能になる。物音が聞こえたとき、みんなイートインにいたのだから。

「あのパイプ椅子――」とぼくは指さした。畳まれることなく横向きに倒れている。

「座るところにべっとり血の跡があります。飛び散った血がついたって感じでもありません。おそらく店長さんは、椅子に座った状態で背中から刺されたんじゃないでしょうか。そしてすぐに犯人は立ち去った。まだわずかに息があったのか、即死だったのかはわかりませんが、そのあと自然に体勢が崩れて床に倒れた。そういう可能性もあると思います」

だいたい、このなかに犯人がいないとゲームは成立しないのだから、物音がしたときに犯人がこの部屋にいたとは考えられない。

あ、いや――、と思い直す。

「誰かが厨房に潜(ひそ)んでいた可能性もあるか」

つまり「部外者が犯人だった」という可能性だ。とはいえ、このゲームの趣向としてはちょっと考えにくい。念のため未来屋さんに尋ねた。

「あの、犯人が、ぼくたち以外、塾の参加者以外の人間だった、って可能性はありますか」

「それについてはノーコメントです。これはゲームではあるんですが、原則として『物語内の探偵とて知り得ない情報は与えない』ことにしています。物語内の探偵も、部外者の犯行かどうかを前提条件として知ることはできないですよね。物的証拠、状況証拠から『部外者の犯行はありえない』という論理的手順を踏んでから『犯人はこのなかにいる』となるわけですし」

つまり、まずは部外者の犯行の可能性を排除しろってことだ。

そしてそれは容易に実現可能なようにつくられている。

「あ――」と未来屋さんが小さく叫んだ。「これだけは伝えておきます。ぼくが犯人ってことはないです。嘘偽りなく、ぼくは物語空間の外側の存在なので。それをやっちゃうのは掟破り、アンフェアでしょう」

たしかに、とぼくは笑いながらうなずいた。

「では――」

次なる捜査を提案しようとして、ずっと保留していた疑問を思い出す。

「一條さん。さっき店を出て、真司の家の前で誰かに会ったんだよね。ニット帽をかぶった男。その人から、なにを聞いたの」

「それは言えない」彼女はゆるゆると首を振った。「絶対に誰にも言っちゃいけないって言われてるから」

「こんな事件が起きたあとでも？」

「そうだね。事件が起きたら言ってもいい、とは言われなかったし」

ぼくは納得いかず未来屋さんを見つめる。

「ほかの人に聞いても同じ答えですよね」

「まあ、そうですね。ちなみにぼくもノーコメントです」

「その、ニット帽の男が未来屋さんかどうか、ってのも？」

「ノーコメントです」

「あと、これだけ。それって謎解きと関係ありますか」

「あると言えばあるし、ないと言えばないですかねぇ。まあ、あまり気にする必要はないです」

最初になぜひとりずつ外に出たのか、理由は想像できる。〝誰が犯人か(フーダニット)〟を演出するためには、全員に犯行の可能性、それぞれがひとりきりになる時間をつくらないといけないからだ。

ドラマや小説なら、最初の殺人事件が起きるまでの導入に時間をかけることができる。

時間を短縮してナレーションや地の文で説明もできる。けど、現実を舞台にしたゲームだとそういうわけにはいかない。だから少し強引だけれども、全員が順番にひとりずつ外に出る、という導入部が必要だったのだろう。

未来屋さんの言うとおり、あまり気にしないのが正解か。

「事務室の捜査はこれくらいでしょうか。次は――」

隆之介――、と黒羽さんがぼくの言葉を遮（さえぎ）った。

「いちおう現場を写真に収めておいたほうがいいんじゃないか。ほら、警察も事件現場でパシャパシャ写真を撮ってるだろ」

「ああ、なるほど」

と答えつつも、正直、撮る必要があるだろうかとは思った。捜査が長期間になることはないわけだし、現場を確認したければ戻ってくればいい。しかし、それが今後の捜査に必要になるのかもしれない。

黒羽さんが促したことに若干引っかかりはあったのだけれど、撮っておいて解決が遠のくことはないはずだ。現場の様子をスマホでひととおり撮影してからぼくたちは仕込み場に戻った。

次に確認するべきことは、部外者による犯行の可能性について、だった。塾のメンバー以外が犯人だった場合を考えてみる。犯人は店長さんが店にやってくる前から、さらに言えば塾のメンバーがイートインに集まる前からバックヤードに潜んでいた。

そして店長さんがバックヤードに入ってくる。店長さんと犯人が、事前にここで会うことを約束していたかどうかはわからない。とにかく犯人は事務室で店長さんを殺害する。とはいえ争った声は聞こえなかったし、背後から刺している以上、顔見知りによる犯行だと考えるのが妥当だろう。

犯人がその後、レジ裏のドアから売り場を抜けて、入口の扉から出ていったとは思えない。理由は塾のメンバーと同じだ。そんな人物がいれば誰かが気づく。売り場スペースで隠れられる場所はレジ裏くらいだけど、駆けつけたときに誰も潜んではいなかった。バックヤードの裏口から脱出するのは、ほかの四人と同じ難題にぶち当たる。外に出たあと、台を置いて小麦粉を積むことはできない。

だとすると、犯人の行動はふたつに絞られる。

ひとつは、バックヤード内に隠れて、隙を見て外に逃げ出した。

ただ、これは不可能だ。ぼくたちが事務室に駆け込んだとき、真司はすぐに外に出て、黒羽さんもあとを追い、河端も出ていった。そのあと真司と河端はずっとイートインにいる。ぼくらが事務室に駆け込んだあとに脱出する時間はなかったはず。

　この点を考えると、先ほど裏口を再び塞いでおいたのは我ながら好判断だった。もしそうしていなければ、三人で事務室を確認しているあいだに、潜んでいた犯人が裏口から逃げた可能性を否定できなかった。いまもまだしっかりと、裏口の前には小麦粉の載った台がある。

　であれば残る可能性はひとつ。いまもまだ、バックヤードのどこかに潜んでいる。

　ぼくは黒羽さんと一條さんにこの考えを伝えた。

　そしてまずは黒羽さんに、イートインにいる真司と河端が怪しい人物を目撃しなかったか聞いてきてもらった。三人で行かなかったのは、誰も潜んでいないと確認するまで、念のためバックヤードを無人にしたくなかったからだ。

　黒羽さんはすぐに戻ってきて「誰ひとり出てこなかったし、見なかった」とふたりとも が断言したと教えてくれた。

　次いで三人でバックヤードを調べるも、人間が隠れられる場所はかぎられているのですぐに終わった。結果、誰ひとり潜んではいなかった。

　犯人が塾メンバーであれ、部外者であれ、裏口を塞ぐ小麦粉トラップを解決しなければならないことが確認された。

部外者が裏口のトリックを仕掛けられたとは思えないので――少なくともぼくの思いついた方法は不可能だ――ゲーム的に考えても、犯人は塾メンバーに絞られたと見なしていいだろう。

犯人はこのなかにいる、ってやつだ。


誰も潜んでいないと確かめられ、ひと息ついたときに「あれ？」と黒羽さんが声を上げた。仕込み場の、店側の壁のほうを指さす。

「真司が外に出ていく」

ラックに取りつけられたタブレットサイズのモニターに、入口の扉を開けて外に出ていく真司の姿が映っていた。

録画はしていないが、仕込み場にいても来店があれば気づけるよう、レジの上にカメラが備えられているらしい。

「どうしたんだろう。ちょっと、頼人に確認してくるよ」

黒羽さんがそう言ったので、反射的に「ぼくも行きます」と言った。やっぱり気になる動きだったし、河端と直接話をするちょうどいいタイミングだと思ったのもある。本当は真司とも話したかったけれど、ひとまずは仕方ない。

けっきょく、三人でイートインに行くことになった。

河端は最初と同じ、奥の席に座っていた。代表してぼくが聞く。

「真司はどこに行ったの？」

「自宅に。寒けが引かないから、上着が欲しいからって。あいつ上着を持ってきてなかったみたいで」

そっか、となんとなく店の入口に目を向けた。今日は快晴で、ロールスクリーンのかかっていない扉付近は太陽の光で白く輝いていた。

今日は三月半ば。陽光のおかげで店内では上着がなくても平気だけれど、外を出歩くときはそういうわけにはいかない。ぼくや河端は来るときに羽織っていた上着をいまは椅子の背にかけていた。自宅がすぐ横にある真司は、上着なしでここに来たのだろう。

さらに身近な人物の死、あるいは殺人が起きた恐ろしさで、いつも以上に寒けを覚えたとしても不思議じゃない。とはいえ当然ながら、この真司の行動もシナリオに沿ったもののはずだった。

このときぼくは、ミスったな、と思っていた。彼が外に出る前に確かめておきたいことがあったのだ。けれど致命的なミスってわけでもない。いまからでも取り返せるはずだ。

「事件の捜査はどう？　犯人は見つかりそう？」

河端が尋ねてくる。先ほどの返答とは違い、自然な口調だった。アドリブだろうか。

「だいたい見えてると思うし、怪しい人物も絞れてるんだけど、摑めそうで摑めないいんだよね」

「そっか。やっぱ飯田はすごいな」

「すごい、かな」

「すごいよ。おれなんか絶対さっぱりだ」

若干メタい発言だなと思いつつ、とにかくやるべきことをやっておく。

「念のためだけど、店長さんの死体を発見してイートインに戻ってから、こっちの売り場スペースに出入りした人物を確認しておきたいんだ。最初に黒羽さんが、二人を残してバックヤードに行った。そのあといちど戻ってきて、ふたりから話を聞いて、またバックヤードに入った。そしてさっき、真司が入口の扉から外に出た。そのあとぼくたち三人がやってきた。間違いないよね」

少し考えてから、河端はうなずいた。

「うん。間違いないよ」

「それ以外は、見知らぬ人物を含めて、レジ裏のドアからも、店の入口からも出入りはない？」

「うん、ないね。おれはずっとこっち――」売り場のほうを指さす。「向いて座ってたから。誰かが出入りすれば絶対に気づく」

「ありがとう。あとひとつお願いなんだけど、立ち上がって通路に立ってくれるかな」

河端は不思議そうな顔をしつつ、言うとおりにしてくれた。

「ありがとう。じゃあそのままゆっくり一回転してくれないかな」

さらに不思議そうな顔をしつつ、ちょこちょこ足を動かして回ってくれる。少し滑稽で、申し訳ない気持ちになる。しかし探偵として必要なことだった。

彼はいま長袖シャツに長ズボン姿で、上着は椅子にかけたまま。アレを隠し持っていないことは服の上からでも明らかだった。

「ありがとう。最後にもうひとつだけ聞かせて。真司とふたりきりになったあと、ふたりはずっと椅子に座ってたの？」

うん、と言いながら河端は再び同じ席に座る。

「おれはここに、真司は隣の席に」

塾がはじまったとき、ぼくが座っていた席だ。

「真司も、河端も、レジのほうに行くとか、立ち上がることはなかった？」

「なかったよ。ふたりともずっと座ってた」

「黒羽さんが話を聞きにきたとき、真司が黒羽さんからなにかを受け取ることはなかった？」

　ここで河端は怪訝そうに目を細めた。

「なかった、と思うよ。消しゴムくらいちっさいもので、こっそりやり取りしてたらわかんないけどさ」

「大丈夫。たぶん、そうだな、少なくともおっきいサイズの教科書三冊ぶんくらいの大きさはあると思うから」

　考える。仮に黒羽さんと真司が共犯なら、河端の証言は信用できる。いまのところ彼が嘘をつく理由は見当たらない。ふたりに脅されて、という可能性は排除していいだろう。それを示唆するヒントは提示されていないし、それだと実質的に三人の共犯になってしまう。容疑者四人のうち、三人の共犯なんてみっともないシナリオは書かないだろう。ゲームっぽい推理方法だけど、かぎりなくゼロに近い可能性は潔く切り捨てていったほうがいい。

　であるならば、真司がアレを持っていて、その処分のために外に出た、という可能性も排除してよさそうだ。

ぼくからは見えていない裏側でも、犯人はちゃんとシナリオどおりに動いていると未来屋さんは断言した。ぼくの推理したトリックが使われたならば、必ず「おっきいサイズの教科書三冊ぶんくらい」の証拠品が発生したはずなのだ。

黒羽さんも一條さんも厚着はしていなかったし、隠し持っていないことは見た目にも明らかだった。だったら、いまもまだバックヤード内に隠されていると考えるべきか。誰かが潜んでいないかを確かめただけで、しっかり調べられてはいないところは残っている。

パンッ、と小気味よい音がふいに聞こえた。

「とりあえず、さ――」一條さんが胸の前で叩いた手を開くように見せる。「バックヤードを調べてみるのはどうかな。犯人の残した手がかりが残っているかもしれない」

ぼくの考えとも合致する提案だった。

ゲームの趣向として、きちんと推理を組み立てていけば解けるようになっているはずだ。ならばやっぱり「犯人の残した手がかり」を見つけるのが次にやるべきことだ。

「そうだね。バックヤードに戻って調べようか」

黒羽さんも同意したあと、「頼人はどうする？」と彼に話を向けた。

「まだこっちにいる？」

「うん。やっぱり参加する気にはなれないし、パスで」

「わかった」

再び三人で仕込み場に立つ。

「隅々まで調査しようとすると時間がかかるし、ここは三人で手分けしたほうがいいんじゃないかな」

戻るなり黒羽さんはそう提案し、一條さんはすぐに「それでいいと思う」と賛同した。

このふたりのどちらかが犯人である可能性もあるわけだし、証拠隠滅の危険性がある。三人いっしょに行動するべきだろうと思い、ぼくは反対しかけた。しかし寸前で、待てよ——、と思い直す。

正直、ぼくは黒羽さんを疑っている。

七十五キログラムの小麦粉で塞がれた密室。

それを無効化できたのは彼しかいなかったからだ。

ぼくの思いついたトリック以外に、この密室を破る現実的な方法があるとは思えなかったし、かなり自信はあった。

黒羽さんの目的は、バックヤードに隠した「トリックの証拠となる品」を密かに処分することではないだろうか。それをぼくが見咎める(みとがめる)ことが「正しい道筋」なのかもしれない。だとすれば、ここは「三人で手分けする」提案に賛同したほうがいい。

それなりに大きなものだ。さりげない監視でも見逃すことはないはずだった。

「わかりました。では三人で手分けしましょうか」

ぼくたち三人はバックヤードの捜索を開始した。

時間としては十五分くらいだろうか。

ぼくはひととおりバックヤードの探索を終えていた。

食材そのものや、食材を加工する機械や器具など、触れちゃいけないものは少なからずあって、それはその都度、未来屋さんから注意がなされた。当然、そこにはなにもないということである。したがって、それなりに広く、物もたくさんあったけれど、思ったより時間はかからなかった。

結果、ぼくが捜していた「あるべき証拠品」は見つからなかった。常に黒羽さんの様子もさりげなく監視していたけれど、怪しい動きはなかった。

ぼくは焦りを覚えはじめていた。

——証拠品が見つからずとも、このトリックは実行可能なのか。

——それとも根本から間違っているのか。

いちおうまだ捜していない場所はあった。事務室だ。

でも、ぼくの考えたトリックでは事務室内に証拠品を隠すことは不可能である。それでもこうなると、念のため調べておくべきかと思えた。なんらかの見逃しがあるかもしれない。

ぼくは黒羽さんに声をかけるために歩き出した。いっしょに事務室を調べるためだ。証拠品は見つからなかったけれど、死体発見後の動きを考えても、状況的にも、やっぱりいちばん怪しいのは黒羽さんだ。いまはまだ彼から目を離したくなかった。

「あ、隆之介、ちょうどよかった。この下を覗いてみてほしい」

近づくと、彼のほうから先に声をかけてきた。事務室のすぐそばにある銀色の機械の下をしゃがんで覗き込んでいる。

「これは、冷蔵庫ですよね」

「ああ。この下に、ちょっと怪しいものがあってさ」

ぼくの腰ぐらいの高さしかなく、冷蔵庫としてはずいぶん低い。

気づくと一條さんもそばにきていた。どうしたの？　というふうに手をうしろに組んで小首をかしげている。

ぼくは黒羽さんと入れ替わるように冷蔵庫の前でしゃがむと、下を覗き込んだ。なるほど、奥のほうになにかがある。金属っぽい光を反射させる、指でつまめる程度の小さな物だ。

「手を伸ばして取ろうとしたんだけど、ぎりぎり届かなくて。隆之介でも無理かな」

「やってみます」

清掃が行き届いているので冷蔵庫の下であっても埃（ほこり）もなくきれいで、手を突っ込むことに抵抗はなかった。とはいえ、ぼくのほうが腕が長いとは思えない。案の定、隙間に手は入ったけれど、まるで届きそうになかった。

手を抜いて、這いつくばるような体勢から戻って息を吐く。

「無理ですね。ぼくだとぜんぜん届かないです」

「そっか。──茉由利、でも無理だよな。なにか長いもの、定規かなにかを持ってきてくれないか」

「嫌だよ。なんであたしが」

つれない。

黒羽さんに対してもキャラがぶれないなと小さく笑いつつ、立ち上がって周囲を見渡した。

長いもの、といってもパンを延ばす棒など、調理に使うようなものを使うわけにはいかないだろう。しかしすぐに、よさげなものが目に入った。小振りのホウキが棚に置かれている。

「これは調理とかに使うやつですか」

「あ、いや、問題ない。それならいけそうだな」

黒羽さんはそう言うとホウキを手に取り、再び挑戦した。今度はなんなく取ることができたようだ。立ち上がった彼は、瓶の蓋らしきものを摘まんでいた。

「ああ、申し訳ない――」黒羽さんの顔が弛緩する。「ただの瓶の蓋だ。そういや数日前、ここの下に転がったんだよ。あとで取ろうと思って、すっかり忘れていた」

お騒がせして申し訳ない、ともういちどあやまる。

話を聞きながら、これはシナリオなのか、それともゲームとは無関係なのかと考えていた。黒羽さんの演技は一部を除いてすごく自然だったし、一條さんはふだんから淡々としたしゃべり方だから、いまひとつよくわからなかった。

しかし瓶の蓋がシナリオにはない想定外の落とし物だったとしたら、見つけた黒羽さんもアクションを起こさなかった気がする。瓶の蓋だと気づかなかったとしても、ゲームが終わってから確認したのではないか。

だとしたらこの瓶の蓋もなんらかのヒントになるはず、と考えてみたけれど、見えてくるものはまるでなかった。

ぼくがゲーム的な推理に耽っていると、黒羽さんが尋ねてきた。

「ところで、隆之介の調査はもう終わった？」

「はい。残念ながらこれといった成果はなかったです」

「ぼくもだ。残念ながらこいつは——」瓶の蓋を掲げる。「ただの落とし物だ。事件とは無関係だよ」

次いで黒羽さんは一條さんに顔を向けた。彼女はゆっくりと首を左右に振る。

「あたしも、なにも見つからなかった」

さっき声をかけようとしていた内容を思い出す。

「念のため事務室をもういちど見てみようと思うんですけど、いっしょにいいですか」

「もちろん」

黒羽さんとともに、一條さんも無言でうなずいた。

事務室のドアは半分開いている状態だった。それでも仕込み場から室内はほぼ見えない。

黒羽さんを先頭に、三人で事務室に足を踏み入れる。

店長さんは、当たり前だけれど、同じように倒れたままだった。死体役も意外と大変なのかもしれない。

店長さんの死体を見ながらふと、ある疑問が生まれた。それもふたつ。

ひとつは、いちおう考えておかなければならない可能性。もうひとつは、このゲームゆえに生まれる疑問。

しばらく存在を意識することのなかった人物に目を向ける。

「未来屋さん、店長さんは自殺だった、という可能性はありますか」

はいはいはい、と未来屋さんはなぜか楽しげに答える。

「そこはやっぱ考えなくちゃ、ですよね。隆之介さんはすでにこのゲームが〝密室の謎〟で、ハウダニット――つまり〝被害者はどうやって殺されたのか〟であることには気づいてますよね」

「まあ、そうですね」

「もし真相が〝自殺〟なら、当然犯人は〝康太郎さん自身〟ってことになります。ミステリーでは、べつに自殺が禁じ手ってわけじゃないです。でもミステリーが娯楽である以上、自殺という真相が驚くべきものである必要はありますよね。とても自殺とは思えない、ありえない状況で、あっと驚く手を使って自殺していた、ってやつです。

当然、密室と自殺は水と油です。なにしろ密室ってのは〝他殺が考えにくい状況〟ですからね。他殺を自殺に見せかけるために使われることはあっても、その逆は通常ありえない。だから密室トリックの答えが〝自殺〟というのは、娯楽が目的のミステリーで使われることはないですよね。

いちおう今回、犯人は自殺に見せかける工作はしていません。背中から刺していますしね。自分で自分の背中を刺し、引き抜いて投げ捨てることも不可能ではないでしょうが、康太郎さんが自殺を他殺に見せかける必然性はありません。手が汚れていないことも自殺を否定するひとつです」

発見時に一條さんが脈を取ったとき、彼女の手が血で汚れなかったように、店長さんの両手に血はついていなかった。自分で自分に包丁を刺して引き抜けば、いくら服などで手を拭っても血の跡が残るだろう。

つづけてふたつ目の疑問を投げかける。

「これは念のための質問なんですが、店長さんは『たしかに死んでいる』んですよね。いや、もちろん現実には死んでいないわけで、だからこそ死んでいるかどうかを確かめることはできないわけです。だからこそ『物語のなかでもたしかに死んでいるのかな』

という疑問がふと生まれまして」

彼は感心したように「ええ、ええ」と大きくうなずいた。

「おっしゃるとおりです。小説やテレビゲームなどのフィクションとは違い、現実世界を舞台にするゆえの制限、あるいは疑念ですね。小説で登場人物全員が『死んでいる』と認識していれば、そこに疑問を挟む余地はない。しかしこういった謎解きゲームの場合、物語空間内で被害者の心臓が止まっているかどうかを判断できないですもんね。ですので、なるべく正確にお伝えします。

物語空間でいま現在、康太郎さんの心臓は止まっており、すべての生命活動を停止している状態です。つまり『死んでいる』と捉えていただいて差し支えないです」

「ありがとうございます」

未来屋さんへの質問を終え、物語に戻る。

「事務室のなかを調べましょうか」

「そうだね」

ぼくと未来屋さんが話しているあいだ手持ち無沙汰に室内を眺めていた黒羽さんは、再び時間が動きはじめたかのように活動を開始した。

とはいえ、ここに見るべきものはあまりなかった。

部屋の中央には白いテーブルが置かれ、パイプ椅子がふたつと、ロッカーがひとつあるだけ。ロッカーは職員室にあるような事務的な灰色のスチール製で、上半分に片開き戸が三つ並び、下半分が引き違い戸の収納棚になっている。ロッカーの内部は誰かが潜んでいないかを調べたときに覗いていた。上も下も、人が隠れられるような広さはなかったけれど。

あとは段ボールや、紙の束や、よくわからない箱などがいくつか壁際に積まれているものの、それらについては無関係なので触れないようにと、そのとき未来屋さんから言われていた。とくに重要なものではないが、動かしたり開けたりするとあとで面倒だから、ということらしい。

「茉由利——」黒羽さんが声をかける。「ロッカーを調べてくれないかな。さっきはぼくが確認したし、別の人が見たほうがいいんじゃないかな」

さっき、というのはバックヤードに誰かが潜んでいないか三人で見回ったときだろう。そのときは黒羽さんがロッカーを開けていた。でも、三人ともなかを覗き込んでいたはずだ。

一條さんはうしろ手の姿勢で口を開いたあと、変な間があってから答えた。

「あたしより、隆之介くんのほうがいいんじゃない。探偵なんだし」

「あ、うん。わかったよ」

素直にぼくはロッカーに近づいた。

どうせ全員で確認するわけだし、誰が開けても違いはないように思えるのだけれども。上のロッカーをすべて開け、下の引き違い戸もまずは右側、次いで左側を全開にして内部を確かめる。さっきも見たのだからわかってはいたけれど、ぼくが求める証拠品はもちろん、怪しいものはなにもなかった。

小さく吐息をつく。もう事務室内で調べるところはなさそうだ。

なんとなく死体に目をやり、ふと、違和感を覚えた。

店長さんは変わらずうつ伏せに、右手を上に、左手を下に向けた状態で倒れているけれど、少し体勢が変わっているような気がする。

そこまで考えたところで「ああ——」と大きな声が出た。

体勢の微妙な変化どころではない、あからさまな違いがあった。

床にひろがる血の量が増えていて、より広範囲にひろがっているのだ。先ほどは体の左側だけにしかなかったけれど、いまは右側にも血がひろがっていた。床に散らばった文房具のいくつかが血にまみれている。

「床にひろがる血の量が、増えてますね」

「ああ、言われてみればそうだね。気づけなかった」

黒羽さんが答えてくれた。

念のため最初に撮った写真と見比べる。やはり発見時には、死体の左側にしかひろがっていなかった。

さらに店長さんの体勢も思いのほか変わっていた。写真と見比べてみると、両手とも腕の位置やひじの角度が明らかに違っている。ただ、実際は死んでいないんだから多少はもぞもぞすることもあるだろう。ずっと同じ姿勢でいるとつらくなってくるし。

問題は、血の量だ。

死んだばかりではあるから、時間の経過とともに血がひろがるのはありうる。物音がしてすぐに駆けつけたので、店長さんが床に倒れてすぐに発見したわけだし。

とはいえ、そんな細かいリアリティを追求するかというと疑問だった。どこかに仕込んでいた血のりが意図せず、時間とともにさらにひろがっただけ、というほうがありそうな話だ。

ただ、黒羽さんに促されて撮った写真が、ここにきて生きてきたのも事実。ぼくが現場の写真を撮ろうとしなかったので、さりげなくヒントをくれた可能性は高い。だとするとこれは意図的な演出で、なんらかのヒントってことなんだろうか。そう仮定して考えてみたけれど、しっくりするものはなにも思いつかなかった。

ただ、ぼくの思考はいま、とても鈍(にぶ)っている。頭をうまく働かせることができない。

見つかるべき証拠品が見つからないこと。解いたと思っていた密室トリックが再び霧の向こうに霞んでしまったことで、これからどうすればいいのか整理がつかない。

そのとき——、

「わあぁぁぁあああぁぁあ！」

突如絶叫が響いた。売り場のほうから、真司の声だ。明らかに演技の匂いがしたので、これは間違いなくシナリオだ。

どうした、と黒羽さんが駆け出し、ぼくと一條さんもつづいた。

レジ裏のドアから売り場に入る。真司はイートインの通路に立っていて、その向こう、奥の席で河端がテーブルに突っ伏していた。

駆け寄る。河端の背中は、店長さんと同じように血にまみれていた。狭いテーブルに顔と右手を乗せ、左手はだらりと下に垂(た)れている。背中から垂れた血は床にもぽたぽたと落ちていた。

黒羽さんがすばやく河端の左手の脈を取る。

「死んでいる、みたいだ」

咄嗟に未来屋さんを見やる。小さくうなずき「彼もまた、背中を包丁で刺されて、間違いなく死んでいます」と答えた。

まさか、だった。

二件目の殺人が起きるとはまったく予測していなかった。

ぼくは混乱していた。なぜなら、黒羽さんが河端を殺すことは、絶対に不可能だからだ。

一件目の殺人で、密室トリックを実行することができたのは彼以外には考えられない。だからこそ、その証拠を見つけようとした。

しかしその証拠は見つからず、二件目の殺人が起きた。

ここで河端と話をして、別れてから、黒羽さんは絶対にバックヤードを出ていない。

それは誰よりもぼくが確信していた。

遠隔殺人？

今度はそのタイプのトリックなのか？

それともぼくは未来屋さんの手のひらの上で踊らされていたのか？

「凶器は、見当たらないね」黒羽さんがつぶやく。「刺し傷を見るかぎり、父さんと同じ包丁で刺されたように見える」

　彼は存在しない創傷を見つめていた。

　父親を殺され、さらに教え子を殺されたのにずいぶん冷静なのはさておき、存在しないものに対して嘘をつくとは思えなかった。それではゲームが成立しなくなる。くしくも先ほど未来屋さんも「背中を包丁で刺されて、間違いなく死んでいます」と告げた。凶器は包丁と断定していいだろう。

「犯人は事務室から包丁を持ち出したんでしょうか」

　ぼくの質問に、黒羽さんは「そうだね」と応じた。

「ほら――」とイートインから売り場に繋がる通路を指さす。「床に血痕がついている。頼人を刺してから、事務室に戻したときについたんじゃないかな」

　通路に立ち、現場を遠巻きに見つめるようにしていた一條さんが、ぼくらがいっせいに振り向いたので、横にずれるようにテーブルのあいだに移動した。

　来るときは真司と、机に突っ伏す河端に気を取られて気づかなかった。たしかに床には血痕が点々とついている。先ほどぼくたちが駆けつけたときだろう、いくつかは踏まれて筋を引いていた。

　現場保存もできないようじゃ探偵失格だな、と苦笑しつつ考えを巡らす。

事務室の包丁は変わらず店長さんの足もとにあった。もし河端殺しに再利用されたとしたら、犯人は凶器を現場に放置することなく、事務室に戻したことになる。通路の血痕だけでは「包丁が再利用された」とは断言できないけれど、最初に撮った現場写真と見比べれば確定できるはずだ。

それはあとで確認するとして、あらためて河端の死体を観察する。

しかし、死体から得られる情報はなさそうだった。背中を包丁で刺されて絶命した、それ以上でも以下でもない。

気になるものはテーブルの上にあった。なぜか教科書がひろげられている。ぼくが「これは——」と口にすると、黒羽さんがあとを継いだ。

「外国語活動教材だな。三年生のときに使うやつかな」

いわゆる〝英語の授業〟で使う教科書だ。うしろのほうに数字が「1」から「20」まで並んでいるページがあり、数字の下には英語の綴りが書かれている。ハサミで切ってカード状にもできるが、河端のそれは一枚のページのままだった。

そしてテーブルの上に載せられた河端の右手は人差し指が伸び、数字の「1」を指し示すように置かれていた。しかもその「1」の部分と指の先は、血で汚れている。

「これって、ダイイング・メッセージ……」

「そうだね。そう考えるのが自然かな」

人差し指の血は、明らかにわざわざ付着させたものだ。右手で血がついているのはそこだけなのだから。

指し示しているのは数字の「1」。単純に考えれば、その対象はすぐにわかる。

名指しされた本人が、手をうしろで組んだまま不満げに眉根を寄せた。

「これじゃまるで、あたしが犯人だって言われてるみたい」

一條の「一」、そのまんまだ。

「たしかに素直に考えるとそうなるよね。ミステリーでダイイング・メッセージが出てきた場合、たいてい暗号みたいに、すぐには意味がわからないことが多いんだけど」

「それもまたおかしいじゃないか」と黒羽さん。「だって被害者は犯人が捕まってほしいわけだろ。だったらできるだけわかりやすく示すはずだよ」

「そうですね。だからなぜ暗号めいたものになったのか、いろんな理由が語られますね。犯人に気づかれないためとか、意識が朦朧（もうろう）としていたとか、あとから犯人が手を加えたとか」

ここでなぜか未来屋さんまで会話に加わる。

「『死の直前、比類のない神々しいような瞬間が訪れて、人間の思考は限界なく跳躍するからだ』と書いてる小説家もいますね。エラリー・クイーンって人ですが」

いや、あなたは存在しないはずでは……。ミステリーのことになると口を挟まずにはいられなかったのだろうか。

笑いを噛み殺しつつ黒羽さんは言う。

「とはいえ、この場合は勘違いってことはないよな。どう考えても数字の『1』を示している」

「それだけじゃないです」ぼくは付け加える。「偶然、容疑者となる三人の名前には数字が含まれているんです。一條さんの『一』、真司の『じ』は司会の司ですけど、数字の『二』もよく使われますし、容易に連想できます。そして黒羽さんの名前は『三吾』ですよね」

「そっか。容疑者は1、2、3であらわせるんだな」

「はい。だから1、2、3と書かれたページがあって、被害者が1を指している状況は、一條さんを示している可能性がより高まります」

「犯人がやったのよ」一條さんが吐き捨てた。「犯人が、あたしに罪を着せようとして。あたしが事務室に入ったのは最初と、さっき三人でいっしょに入ったときだけ。包丁なんて持ち出してない」

その態度、言い方は、まさに犯人のそれだった。

でも、彼女に店長さんが殺せたとは思えない。それができるのは黒羽さんだけだった。一方で、黒羽さんに河端は殺せなかった。

単純に、犯人は別々なのか？

ともあれまずは河端の事件を考えてみる。

未来屋さんは、犯人役の人は実際に犯行をおこなうように動くと断言した。であれば、犯人は真司か、一條さんに絞られる。

犯人の工作の可能性があるかぎり、ダイイング・メッセージは証拠にはならない。

犯人が真司なら、ぼくらに見つかる危険を冒してまで、事務室から包丁を持ち出したとは思えなかった。自宅から別の包丁を持ってくればいいんだから。戻ってきて河端を殺害後、凶器の包丁は外に投棄し、あたかもいま戻ってきて死体を発見したように叫び声を上げる。

一條さんなら、密かに事務室に入り包丁を取ることは容易だ。ぼくと黒羽さんの目を盗んでこっそりイートインに行き、河端を殺すこともできた。

ぼくは黒羽さんの動きは常に確認していたけれど、そのぶん一條さんは完全に意識の外にあった。仕込み場を調べている様子がときどき目に入ることはあったけれど、まるで認識していない時間帯もそれなりにあった。河端を殺す時間は充分にあったと思う。ゲーム的に考えるなら、仮に一條さんが犯人でなくとも、わざとぼくの視界に入らないようにしていた可能性は高い。ずっと仕込み場にいたとしても、死角になる場所はいくらでもある。犯人が真司であると消去法で確定できなくするためだ。

未来屋さんに尋ねる。

「直接的な証拠がなくても、消去法でひとりにしか犯行ができないとしたら、それでも解決になりますか」

「ですね。誰もが納得するしかない論理的な理由があれば、解決と見なしていいと思います。ただ、それがたとえば隆之介さんだけの目撃証言なら、それはダメです。たとえ視点人物である探偵の証言でも、ほかの登場人物にとっては客観的事実とはなりません。嘘ではないと客観的に証明することはできませんからね。たしかな証拠がないかぎり、犯人は観念しません」

「ま、そうですよね」

そうでないとミステリーとしておもしろくない。たまに、まだまだ言い逃れできる余地があるのに、犯人がべらべら自供をはじめる作品がないこともないけど。

「とりあえず、もういちど事務室に戻ってみます。包丁を確かめたいですし」

まるで振り出しに戻った気分だった。

全員で事務室に戻ってきた。

さっそく包丁をスマホの写真と見比べる。

包丁の位置も、角度も、明確に変わっていた。さらに付着した血も増えている。

河端殺しにおいて、事務室の包丁が再利用されたのは間違いない。であれば、少なくとも二件目の事件の犯人は一條さんでほぼ確定だった。

真司ならわざわざ危険を冒し、事務室に包丁を取りにきたとは思えなかった。バックヤードにいる三人の誰かひとりにでも見つかったら、その時点で事実上のアウトとなる。店に戻ってきてすぐに叫び声を上げなければ不自然だからだ。そのあと河端の殺害に事務室の包丁が使われたとわかれば、言い逃れは不可能。

百歩譲って誰にも見つからず事務室から包丁を取れたとしても、殺害後に事務室に戻すのは危険しかなく、メリットはまるでない。現場に放置しておけばいいのだから。

一條さんの場合、凶器を入手するには事務室の包丁を再利用するのがいちばん手っ取り早い。ぼくと黒羽さんが見ていない隙に事務室に入るのも容易だったはずだ。河端を殺害後にはバックヤードに戻ってくるのだから、事務室に包丁を戻すことにもさほどリスクはない。

犯人は、一條さんだ。

しかし包丁の再利用は状況証拠にしかならない。もちろんダイイング・メッセージもだ。さらには黒羽さんが白であるのはぼくの目撃証言だけ。これらの事実だけでは一條さんが自白してくれるとは思えなかった。

それに一條さんが犯人だとすると、店長さんを殺した方法がわからない。そんなことが可能になるトリックは思いつかない。

やっぱり複数犯なのか。第一の殺人は黒羽さんで、第二の殺人は一條さんなのか。しかしどちらの事件も、明確な証拠は見つかっていない。

ぼくは完全に袋小路に迷い込んでいた。

最初は簡単だと思った。トリックもすぐに解けたと思った。証拠品を見つけ、それを犯人に突きつけて解決だと思っていた。

ぼくは事務室に立ち竦み、苦し紛れに告げる。

「現時点で、謎は解けますか。それともまだ途中ですか」

未来屋さんが変わらぬ調子で答えてくれる。

「本来、これも告げるべきことではないかもですが、はっきり言っちゃいましょう。シナリオは、これですべてです。解決に繋がるヒントはすべて出ましたし、それは隆之介さんもすべて把握しています。小説で言うと、すでに『読者への挑戦状』は出ていますね。あ、隆之介さんは小説は読まれないんですよね」

「あ、はい。でも、わかります」

ははは、と力なく笑うことしかできなかった。スポットライトに照らされる古畑任三郎(ふるはたにんざぶろう)が浮かんだ。

自分が情けなくなると同時に、またしても楽しさが湧き上がってきた。悔しいけれど、おもしろい……！

「たとえば、犯人の用いたトリックを説明して、それができるのはひとりしかいなかったとしても、それではダメですよね。たしかな証拠がなけりゃ」

「空の小麦粉の袋は、見つかりませんか」

そう言って未来屋さんは、にやりと笑った。

瞬間、察する。ぼくが思いついたのはミスリードのためのトリックだ。ぼくはまんまと誘導されていたんだ。

一転して真剣な表情と声音で、未来屋さんはつづけた。

「せっかくですし、そのトリックを説明してみてはどうでしょう。話すことで、見えてくるものもあるかもしれません」

　黒羽さんと真司が、うんうんとうなずいてくれた。ぼくも納得する。

「そうですね。ずっと黙って立ち尽くしていても滑稽（こっけい）ですしね」

　名探偵のように「さて、みなさん——」とはじめられないのは残念だったけど、ぼくは最初に思いついた推理を語ることにした。

「店長さん殺しに使われた密室トリックです。まず前提として、レジ裏のドアから人知れず出入りすることは、誰もできなかった。ただし、バックヤードに入り込むことは誰でも容易に可能でした。そのルートは裏口に限定されます。犯人と店長さんは事前に通じていて、店長さん自ら犯人を裏口から招いたのかもしれない。犯人が黒羽さんだった場合に限定されますが、もともと裏口の前には小麦粉なんて積まれてなかったのかもしれない。店長さんは死んでしまったので、そのことを証言しているのは黒羽さんだけですし。

　誰もがバックヤードに入れた以上、店長さんを殺すことは誰にでもできました。ところが、ここで裏口の前に積まれた小麦粉が立ち塞がります。そのままでは当然、出入りすることは不可能です。かといって外に出てから、ドアの内側に台を置いて、さらにその上に二十五キログラムの小麦粉の袋を三つ積むことなんてできないです。超能力か、大がかりな機械を使わないかぎりは。けれど未来屋さんは、トリックは実際に実行されたと言いました。だったら考えられる可能性はひとつしかないです。小麦粉なんて、積まれてなかったんです。正確に言うと、小麦粉の詰まった袋なんて、です」

ぼくはここで一呼吸置いて、みなの顔を眺めた。

誰もが真剣にぼくの話を聞いてくれている。間違った推理だということは確定しているのに、なぜだかやっぱり気持ちよかった。でも河端だけはここにいないので、ちょっとかわいそうだなと思う。

「まず、空の小麦粉の袋を三つ、用意します。小麦粉の袋は紙製で、どれくらい密封されてるかわからないですけど、たとえば空気を入れたごみ袋をなかに詰めれば、あたかも中身が詰まっているように膨らますのは簡単だと思います。それを青い台の上に三つ固定し、さらに台をなんらかの方法でドアにくっつけます。空気しか入っていない空の袋とプラスチック製の台ですから、軽いものです。強めの両面テープなどで貼りつければ、そのまま開け閉めすることができたと思います」

最初に小麦粉をどかして、裏口のドアを調べたとき、この固定の跡がないかを確かめた。両面テープを剝がした跡、とかだ。しかしまったく見当たらなかった。

その後犯人は細工をしているので、痕跡がなくてもおかしくはなかった。でもゲームとして考えれば、やはりなんらかの痕跡をあえて残したはずだ。この推理が正解だったならば。

「店長さんの死体を発見したあと、ぼくたちは裏口の前に行き、台と小麦粉を確かめました。三つともすべて紛れもなく小麦粉の詰まった袋でしたし、かなりの重量でした。つまり犯人は、どこかの段階で小麦粉の袋をすり替えたんです。

順を追って考えてみます。バックヤードから物音が聞こえて、ぼくたちはすぐに駆けつけました。そのときたしかに裏口の前に台が置かれ、小麦粉の袋が積まれているのを確認しています。ただしこのときはまだ、空気の詰まった袋です」

このとき黒羽さんは塞がれた裏口を指さし「父さんがなかにいるのは間違いない」と言った。若干わざとらしかったけれど、ゲームとして必要なセリフだからだと考えた。

「事務室に入ってすぐ、真司が出ていき、そのすぐあとに黒羽さん、さらに河端も出ていきました。三人が出ていった間隔は長くても十数秒、とてもすり替えをする時間はありません。三人はイートインに行き、黒羽さんだけが事務室に戻ってきました。ぼくらが裏口を調べるまで真司と河端はずっとふたりでイートインにいたので、どちらかがすり替えることもできなかった。

真司と河端が共犯であった場合も同様です。戻ってきた黒羽さんと、ぼくと一條さんの残り三人が事務室に籠もっていた時間はたしかにあります。けれどぼくが店長さんの死体より先に裏口の調査を望んだので、その時間は一分もなかったです。さすがにそんな短時間で、小麦粉の袋のすり替えはできないですよね」

ぼくは使われなかったトリックの結論を告げる。

「唯一、小麦粉のすり替えをおこなえたのは黒羽さんです。黒羽さんはイートインから事務室に戻るまで、ひとりで自由に行動できる時間があり、誰にも見られず裏口の工作をすることができましたから」

事務室で一條さんとふたりきりになったあと、未来屋さんが登場したタイミングだ。黒羽さんは戻ってくるあいだに警察に連絡していたと言ったが、そうではなく裏口の工作をしていたのだとぼくは考えていた。

「まず空の袋を畳んでどこかに隠し、次に台をドアに固定していた痕跡を消します。最後に、本物というか、ちゃんと小麦粉の詰まった袋を台の上に載せれば完成です。

これは状況証拠になるんでしょうが、裏口が都合よく塞がれていたことを含め、トリックを仕込むことができたのは黒羽さんだけと考えるのが自然です。実際、今日の昼間の時点で、裏口の前には台も小麦粉もなかったんだと思います。鍵も開けられていたんでしょう。店長さんが死んでしまえば、裏口の状況を知っている人間は自分しかいなくなりますから、なんとでも言えます。

黒羽さんは閉ざされていない裏口から悠々と侵入し、店長さんを殺します。そしてあらかじめ用意しておいた台と、空の小麦粉の袋を裏口のドアに貼りつけ、外に出たんです。そのあと、店長さんが倒れて大きな音が響いたのは偶然だったかもしれませんが、そうでなくてもなんらかの理由をつけてみんなでバックヤードに行き、裏口の状態を見せつけてから死体を発見するつもりだった。あとはうまくひとりで行動できる時間をつくって、小麦粉を本物にすり替えておけばいい。

なぜ黒羽さんがわざわざそんなことをしたのか、小麦粉のすり替えをおこなう部分が計画として不確実、などの疑問点はあります。理由をこじつけることはできますし、いろんなケースを想定したシナリオがあったのかもしれません。けど、それらを考えることも、語ることにも意味はないですよね。だって、こんなトリックは使われなかったんですから」

言いきって、苦笑する。

使われなかったトリックを長々と解説する探偵も、皆無ではないだろうけど、そうとう変だ。しかもまだ真相に辿り着いていないのだから滑稽な話である。

パチパチパチ、と乾いた拍手の音がする。真司だった。

「すごいよ。やっぱり隆之介はすごいよ。このトリックを暴けたら、それだけでもすごいと思ってたんだ。本当に解いちゃうんだもんな」

その言葉は嬉しいというより、気恥ずかしい感じだったけれど、嫌な気はしなかった。

黒羽さんが「真司、役を忘れてるぞ」と言いながら半分笑っていた。

一條さんが静かに言う。

「隆之介くん、もう、ギブアップ？」

「待って」その言葉は考えることなく出てきた。「あと五分、あと五分だけ考えさせて」

「納得するまで考えていいよ。お母さんが出かける前には帰りたいけど」

みんな登場人物でもなんでもなくなっている。ここからは純粋にパズルの時間だ。

真相はどこにある。小麦粉のトリックを使わずに、どうすれば店長さんを殺すことができた？

空の袋が出てこなかった以上、小麦粉のすり替えはおこなわれていない。別のトリック？　いや、重さ七十五キログラムの小麦粉が真実ドアの前に置かれていたならば、やはり脱出は不可能だ。

でも、店長さんが殺されたと思われる時間、レジ裏のドアを出入りした人間はいなかった。絶対にいなかったはずだ。あの時間、バックヤードは完璧な密室だった。だったら、考え方を根本的に変えなくちゃならない。

これはゲームだ。別のトリックが使われていたなら、それを示唆する物証なりヒントが必ず出てきたはずだ。それをぼくは、確実に見聞きしている。

ヒント、ヒント、そう、ここまで使われなかったヒント。

違和感を覚えた行動や出来事。意味ありげに思えたけれど、存在理由のわからなかったもの、推理に使われなかったもの。

――途中で増えた血液。

やはり、いちばんはこれだ。怪しげだったけれど、意図的かどうかもわからず、推理からこぼれ、宙に浮いている。

これを素直に、未来屋さんの用意した重要なヒントだと考えてみる。

さっきからすごくゲーム的に考えているけれど、まあいい。これはゲームなんだから。フィクションなんだから。

店長さんの体からこぼれた血液は、途中でなぜ増えた？

あっ――。ある閃きが生まれる。

素直に、とても素直に考えれば、まっさきに思い浮かぶ理由。

あまりにも単純で、あまりにも簡単で、あまりにも明白な因果。

だとすれば……どうなる……？

閃いた答えを踏まえて、もういちど今日の流れを頭のなかで整理していく。犯人の取った行動を再構築する。芋づる式に思考が繋がる。犯人の発したなにげない言葉を思い出す。

その過程で、もうひとつ、考えてみればとても奇妙で、ここに至るまで意味の摑めていない行動を思い出す。

塾の冒頭で、ひとりずつ順番に外に出ていった行為。

ぼくはこれを、小麦粉トリックを成立させるために必要な、シナリオ上の行動だと思っていた。でも、実際に小麦粉トリックは使われなかった。では、なんのためにおこなわれたのか。

もちろん、ぼくを小麦粉トリックに誘導するためだったと考えることができる。実際、そうだったんだろう。

でも、黒羽さんはなんでそんなことをしたのか――。

探偵にとって「思い込み」は最大の敵だ。でもやっぱりぼくは、思い込みに囚（とら）われていた。

ぼくは顔を上げた。今回の謎解きの、核心を告げる。

「これは、ゲームだったんですね」

ぼくの言葉を聞いて、未来屋さんは嬉しそうににっこりと笑った。ぼくが真相に到達したことがわかったんだろう。

「ぼくを送別するために、特別なイベントを企画してくれた。それはぼくを探偵にするため、架空の事件を起こすこと」

黒羽さんも、一條さんも、真司も、薄く笑っていた。彼らはもちろん、未来屋さんの企みを知っている。

——これは、ゲームだった。

もしここに、ぼくたちを見つめる観客がいたならば「なにを当たり前なことを」と思うだろう。でも、そういうことじゃない。

「このゲームは、三つの——なんて言ったらいいんだろう、次元というか〈層〉と言ったほうがいいんでしょうか。『三つの〈層〉』に分かれた構造をしていたんですね。あ、いや、現実を入れるとよけいややこしくなっちゃうのかな。えと、物語の探偵としては『ふたつの〈層〉』と言わなくちゃダメですね」

ややこしくてぼくも混乱してしまう。

話しながら、未来屋さんが登場したときに言っていた「ひとつ上の〈層(レイヤー)〉にいる、高次元の存在」もヒントだったのかもしれないと気づく。

ここからはあくまで物語空間の、探偵になりきって進める。たぶん、そうしたほうがわかりやすい。

さあ、謎解きのはじまりだ。


「一條さん――」ぼくは物語の探偵がそうするように、真実を解き明かした余裕を唇に載せた。「あなたは、明らかな失言をしました」

「失言？」

手をうしろに組んだまま、彼女は不愉快そうに首をかしげる。ぼくが物語の探偵に戻ったのを感じ取ったのだろう、彼女もまた物語の登場人物に戻っていた。

「はい。冷蔵庫の下から瓶の蓋を見つけたときです。あなたは黒羽さんから定規を持ってきてと言われて、即座に断りました。どうしてですか？」

「べつに、理由なんてないよ。たんにめんどくさかったから」

「黒羽さんが欲していたのは、たんに〝長いもの〟でした。その一例として定規を挙げたにすぎなかった。でも一條さんは、まっさきに事務室の床に転がっていた定規を思い出したんです。だから、取ってくることを咄嗟に拒絶した」

「かもしれないね。よく覚えてないけど。だって事務室まで取りにいくのは面倒だし」

「でも、ぼくたちがいたのは事務室のすぐそばでした。あなたは、血に染まった定規を連想したんじゃないでしょうか。そんなものに触れるのは誰だって躊躇します。だから咄嗟に、嫌だと反発した」

ぼくは床に転がる、血に染まった定規を指さした。途中から床の血がひろがったため、定規もまた、血に染まってしまっている。

一條さんはなにも答えない。

「そして先ほど一條さんはこう言ってました。自分はひとりで事務室には入っていない、と。河端のダイイング・メッセージが一條さんを示しており、凶器の包丁が事務室から持ち出されたのではないか、となったときです。身の潔白を示すため、あなたはそう言った。でも、瓶の蓋が見つかったときは、三人で再び事務室を調べる前でした。にもかかわらず、その時点でなぜ、定規が血に染まっていることを知っていたんですか」

「そんなの知らなかったよ。何度も言ってるけど、あたしはただたんにめんどくさいと思っただけ」

もちろん彼女はそう否定するだろう。

「そうですね。証拠にはならないですよね。ダイイング・メッセージや、事務室の包丁が使われたことも一條さんが犯人だと示していますが、同じく決定的な証拠にはならないです。でもぼくは、河端だけでなく、店長さんを殺したのも一條さんだと考えています」

「どうやって？」彼女は再び首をかしげる。「店長さんが殺されたとき、あたしはバックヤードに入れなかった。小麦粉のすり替え？　もできなかった。あたしだけじゃないだろうけど」

そのとおりだ。バックヤードは完全な密室だったんだ。だったら考え方を転換するしかない。

――あのとき、誰ひとりバックヤードには立ち入らなかった。

ぼくは物語のなかの探偵になりきったままつづける。

「話を戻します。最初に言ったように、これは『ゲーム』だったんですよね。ぼくを探偵に仕立て上げるための。ゲームだからもちろん、最初に発見したとき店長さんは死んでいなかった。死んだふりをしていただけだった」

物語内の登場人物である彼らも、イベントとして謎解きゲームを企画していた。ぼくが店にやってきたときからすでに、物語ははじまっていたんだ。だから店長さんはなぜか突然店にやってきたし、黒羽さんは自分を含めてひとりずつ外に行くようにした。

物語内のイベントとしての謎解きゲームを成立させるためにだ。

「でも、そのあと、店長さんは本当に殺されたんです。犯人はこのイベントを利用して、殺人を犯したんです」

物語空間は、ふたつの〈層〉に分かれていた。

・ぼくを探偵に仕立て上げる「ゲームイベント」としての第一の〈層〉
・そのイベントを利用しておこなわれた「本当の殺人」がおこなわれた第二の〈層〉

そのあからさまなヒントが、床の上にさらにひろがった血、増えた血だ。

——店長さんはもういちど刺された。

これ以上に明快で、納得できる説明はない。

小麦粉トリックは使われておらず「バックヤードは完全な密室だった」ことと考え合わせれば、未来屋さんの仕掛けた〝二層構造〟という目論見が見えてくる。

最初に見た血は、物語空間においても「イベントとしての偽物の血」だった。そして二度目に見たときに増えていた血は「本当に殺害されたために溢れ出した本物の血」だった。

もちろん現実空間というメタ視点——第三の〈層〉から見た場合、どちらも「偽物の血」ではある。見た目に区別はつかない。だからこそ「あからさまに血が増える」という「あからさまなヒント」が必要だった。でなければ、これほどトリッキーなネタは成立させられない。

未来屋さんが「店長さんが死んでいる」ことを明言したとき、すでに床の血は死体の両側にひろがっていた。物語内で店長さんが「本当に」殺されたあとだ。

もしぼくがこれ以前に「店長さんが本当に死んでいるのかどうか」を未来屋さんに尋ねていたら、うまくごまかして明言せずに終わっていたんだろう。それもまた真相に繋がるヒントになる。

「事務室で店長さんの『本当の』殺人がおこなわれたのと、河端の殺害はほぼ連続していたはずです。タイミングとしては、黒羽さんと一條さんとぼくがバックヤードを手分けして調べていたとき。真司は自宅に上着を取りにいき、河端がひとりイートインにいたときです。そして河端の殺害には事務室の包丁が再利用されていました。ですので、順番としては先に店長さん、つづけて河端が殺されたことになります。

ぼくはこの時点で黒羽さんを疑っていましたし、さっき説明した小麦粉トリックの証拠品『空の袋』を隠し場所から取り出して処分しないか、密かに監視していました。だから黒羽さんが事務室に行かなかったことを知っています。黒羽さんは犯人じゃない。でもこれはぼくだけしか見ていないことなので、客観的な証拠にはならない。だから黒羽さんもまだ容疑者のひとりです。一條さんと真司も、もちろん容疑者です」

黒羽さんは部屋の奥にいることが多かった。だからぼくもまた売り場に通じるドアに背を向ける時間が長く、一條さんがこっそり事務室に行っても、真司がこっそりバックヤードに入ってきても気づけなかったと思う。

黒羽さんのこの動きも、予定されていたものだったはずだ。

ぼくが小麦粉トリックを見破れば、当然疑いは黒羽さんに向く。未来屋さんはそれを見越してシナリオを構築していた。黒羽さんを通して、ぼくの動きを操るためだ。犯人が「本当の」殺人をおこなえるようにするため。

「ただ、真司が犯人というのは考えにくいです。真司だけは、黒羽さんや一條さんとは条件が大きく異なるんです――」

店長さんが「二度」殺されたとなれば、真司が犯人でも必ず事務室に侵入する必要があった。包丁を再利用することの不自然さは薄れる。それでも大きな疑問がふたつ生まれる。

包丁を再利用した以上、先に殺されたのは店長さんだ。店長さんを生かしたまま包丁を持って出ていき、帰ってきてからあらためて殺すのはリスクしかない。

そうなると真司は、店に帰ってきたあといったんバックヤードに入り、そしてあらためて河端のもとに向かったことになる。行動があまりにも不自然だし、確実に河端に警戒される。

それ以上に不自然なのが、河端を殺害後、凶器の包丁をわざわざ事務室に戻していることだ。なんの意味もなく、真司にとってはリスクしかない行動だ。

ぼくは真司が犯人とは考えにくい理由を説明した。

「――以上のことから、真司が犯人だとは考えられないです。次に黒羽さんと一條さんの場合ですが、どちらが犯人だったとしても、河端を刺したあと、すぐにバックヤードに戻ったはずです。一刻も早く戻らないと、ほかのふたりに不在を気づかれてしまいますから。だから河端は、犯人の名をそのまま指し示すことができたはずです」

一條さんが口を挟む。

「黒羽さんは探偵がそう推理すると考えて、偽のダイイング・メッセージを残したのかもしれない」

「たしかに。この推理は、真司の場合ほど強い状況証拠にはならないですよね」

ぶっちゃけダイイング・メッセージは、未来屋さんが容疑者の名前に1・2・3を見つけて是が非でも使いたくなったのだと踏んでいた。たとえあまり意味がなかったとしても。

だってダイイング・メッセージはロマンだから。

「で――」一條さんが口もとに薄い笑みを浮かべた。「誰が犯人なの？　けっきょくどこにも証拠がないよね」

「そうですね。でもやっぱり、殺人というのは予定どおりにはいかないものだと思うんです。なにかしら、不測の事態、ってやつが出てくるものなんです。それゆえ犯人は不自然な行動を取ってしまう。綻びが生じる。探偵はその綻びを見逃しちゃダメなんです。

ところで一條さん。先ほど、黒羽さんとぼくの三人で事務室を調べましたよね。そのとき黒羽さんからロッカーを開けてほしいとお願いされたのに、その役割をぼくに振りました。ロッカーを開けるなんてなんでもない行動です。少なくともこの捜査において一條さんは積極的に動いてましたし、やっぱり、すごく不自然な行動でした。

あなたはそのとき、ロッカーを開けたくても開けられなかったんじゃないですか」

彼女の表情に変化はなかった。ただ無言でぼくを見つめる。

「それを踏まえると、先ほどの定規のくだりは別の意味もあった気がするんです。定規が血に塗れていてもいなくても、定規でなくても、一條さんは手渡しすることができなかった。だから拒絶するしかなかった。

あなたは先ほどからずっと手をうしろで組んでますよね。移動するときもずっと最後尾にいる。店長さんの死体が見つかったときは率先して脈を取ったのに、河端のときは死体に近づこうともしなかった。ロッカーを開けられなかったように、近づいたところで脈は取れなかった。誰かが背後につくことも避けたかった。これらの行動から推測できる事情はひとつです。手を、誰にも、見られたくなかった。一條さん――」

彼女の目を見つめ、引導を渡す。

「両手を、見せてくれますか」

一條さんは薄く笑った。その笑みはあまりにも儚く、妖しげで、演技だとはわかっているのにぞくりとした。

彼女は組んでいた両手を、ゆっくりと差し出す。

両手は、血に汚れていた。

そこまでする必要があるかどうかはわからなかったけれど、探偵として求められるセリフをぼくは告げる。逃げ道を塞ぐために。言い逃れできないように。ミステリーを完成させるために。

「言い逃れする方法はひとつだけありました。その手の血は、殺害時ではなく、死体を触ってついたものだと。でも一條さんは河端の死体に近づいていない。最初に事務室で店長さんの捜査を終えたあと、一條さんの手はきれいでした。それはぼくだけでなく、黒羽さんも目撃したはずです」

真司が外に出ていくのを見て、イートインで河端から話を聞いたとき、一條さんは胸の前で手を叩き、手のひらを見せるように掲げた。その時点で彼女の手が汚れていたならすぐに気づいたはずだ。あれも伏線のひとつだった。

「先ほど三人で再び事務室に入ったとき、一條さんは店長さんの死体に近寄らなかっただけでなく、ずっと手をうしろで組んだままでした。そして、うしろめたさゆえに咄嗟に出た言葉でしょうが、ひとりで事務室には入っていないとも言ってしまった。あなたは言い訳のチャンスを、自らつぶしてしまったんです」

ふふっ、と笑い、彼女は悲しげに自らの手のひらに視線を落とす。

ミステリーは完成した。

「手を洗う時間がなかった。ハンカチで拭ってもきれいに取れるとは思えなかったし、ハンカチを取り出すだけで服に血がつきそうだった。人を殺すと、こんなに手が汚れるんだね」

彼女は儚げな笑みのまま、自身の両手を見つめつづけた。

「どうして……」真司が声を振り絞るように告げる。「どうしておじいちゃんと河端を殺したんだよ……」

「あたしは知られちゃったの。誰にも知られたくない秘密を――」一條さんが顔を歪める。「道に落ちたお菓子を『三秒ルール』って言って拾って食べたところを、このふたりに見られて。それで、脅されて……」

わっ、と言って顔を覆ってしゃがみ込む。

雑な動機だな！

「はい！　オッケーでーす」

未来屋さんが宣言し、一條さんがスンとした顔で立ち上がる。黒羽さんは拍手をして、店長さんが立ち上がりながら「長かったなぁ……」とぼやく。真司は緊張が解けた様子で息を吐き出し、気づけば河端も事務室の入口から覗き込みニヤニヤと笑っていた。

未来屋さんが笑いかけてくる。

「すばらしかったです。見事クリアです。途中ちょっと危うかったですが、終わってみれば完璧でした。驚きです。隆之介さんはすごいと聞きましたので、大人げなく本気で、しかもかなりトリッキーな、いやらしいネタを仕込んだんですが、ここまで見事に解き明かすとは予想してなかったです」

「最初はどうかなって思ったんだよ」黒羽さんがぼくを見て苦笑している。「難しすぎるというか、未来屋さんが言うようにいやらしすぎるんじゃないかと。最初にシナリオを受け取ったときは素直にそのまま小麦粉を使ったトリックで、ぼくが犯人でいいんじゃないかと提案したんだけど――」

未来屋さんが割り込む。

「それは隆之介さんに対して失礼だと反対しました。そこは必ず解いてくるだろうと信頼してました。だから隆之介さんがそのトリックにすぐ気づくことを前提に、二層構造を仕込んだんです。もちろんイベントの趣旨はわかっていましたし、気持ちよく解いてもらって送り出す、という手もあったでしょう。でも、やっぱりミステリーを愛する者として、接待謎解きはダメだろうと。本気で挑んで、本気で解いてほしかった。成功、ということでいいですよね？」

ぼくはにっこり笑い、うなずく。

謎解きをしているときは必死だったけれど、すべてを終えた瞬間、体が小刻みに震え出した。この震えがなんなのかわからない。ただ、無性に心地よかった。いままで味わったことのない、感動か充実感か喜びかそのすべてか、よくわからない感情が渦巻いていた。

ところで――、と未来屋さんがつづける。

「我ながらよくできたなと思うし、これをそのまま小説にするとすごくおもしろいんじゃないかなって思うんです。もちろん名前とか属性とかは微妙に変えつつ、これをそのまま自作に流用してもいいですかね」

誰にともなく尋ね、みなは困惑していた。その様子が可笑しくて、ぼくは噴き出してしまった。

「さ、みんな小腹も空いただろうから、こちらのシェーブルチーズパンを食べてよ」

全員でイートインに移動したあと、わたしは用意しておいたパンを差し出した。ちなみに康太郎だけは「シャワーを浴びて着替えたい」と言って、いったん自宅に戻っている。

「あ、それって」隆之介が気づく。

「そう、以前やった『春の新作パン』コンテストで、隆之介が考えてくれたパンだよ」

昨年十二月、隆之介がクロワッサン学習塾に加わったばかりのころだった。ひょんなことから「春の新作パン」のアイデアをみんなで考えることになった。そのとき隆之介が山羊乳のチーズ——シェーブルチーズを使ったパンを提案し、見事優勝したのである。

「へえ、こんなふうになったんですね。おいしそうです」

「シェーブルチーズの旬が春だってことに気づいて、提案したのが優勝の決め手だったからね」

「春らしいパンといってもなにも思い浮かばなくて、苦し紛れにぼくの好きなチーズパンで春らしいものができないかと思って、いろいろ調べてたまたま気づいただけで……」

隆之介が照れたように笑う。

でも、そのアイデアを聞いた瞬間「おもしろい！」と思った。茉由利も真司も、そしてコンテストを開くきっかけとなったわたし自身の試作も、誰もが思いつく春のイメージに囚われていたなか、隆之介のアイデアの斬新さは群を抜いていた。けっきょく、全員一致であっさりと隆之介の優勝が決まったのである。

彼の提案は単純に「春が旬のシェーブルチーズを使ったパン」というものだったので、わたしもいろいろ調べ、試作して、康太郎にも相談し、最終試作品となったのが今日のパンだった。

「全粒粉のバゲットを輪切りにして、その上にシェーブルチーズを載せて、さらに焼いたものになります」

ご賞味あれ、と片手を差し出す。

みんなが笑顔で取ってくれるのが嬉しい。

シェーブルチーズは山羊乳特有の匂いがあり、味わいも酸味が強めで、ややクセがあるのは否めない。慣れればその匂いや味がたまらないのだが、取っつきの悪さはあった。

そのためチーズの個性に負けないよう全粒粉のパンにした。香ばしさがあり、小麦の味わいを強く感じられるパンだ。さらにチーズを焼くことで味わいもマイルドになって、パンとの相性もばっちりになる。

ひととおり行き渡ったあと、わたしもひとつ手に取り、口に運んだ。

全粒粉特有の香ばしさと、ハード系の歯ごたえ。そこにとろりとしたシェーブルチーズの香りと風味が加わる。やはりパンとチーズの組み合わせは悠久の時を超えた黄金律だ。個性の強い両者が、けんかしそうな一歩手前でほどよく溶け合ってくれる。クセが強いだけに素朴さがあり、遠くにアルプスを望むヨーロッパの田舎町の風景がひろがる。

みんなの様子を見守る。やはり最初はやや戸惑うのが見て取れた。でもこれがだんだんクセになってくるのだ。

完食した未来屋が興奮気味に言う。

「これはいいですねぇ。最初は、なんじゃこりゃ！　と思いましたけど、二口、三口といっちゃう魅力があって、だんだんクセになってくる。しかもなんというか、めちゃくちゃセレブ感がありますね。広尾のベーカリーで二千円で売ってそうな」

「ありがとうございます」

その独特のレビューに笑いながら礼を言う。これにセレブ感を見るのは意外だったが、それもまたわかる気がした。

茉由利と隆之介は気に入ってくれて、真司と頼人はやや戸惑いが強かったようだが、それでも全員ふたつ目を取ってくれた。定番ではなく、季節限定の商品なのでこれくらい個性が強くてもいいかと思っている。

康太郎も合流し、その後はパンを食しながらイベントの感想を語り合った。

真司と頼人は、隆之介に対してすごいすごいと何度も賞賛を送っている。茉由利は会話に加わることはあまりなかったけれど、彼女もまた楽しんでくれたのは満足げな表情でわかった。康太郎が語る死体の愚痴にみんなが笑う。

わたしは満足感に包まれていた。このイベントを思いついてくれた心美にも感謝していた。今日のことは真司がたっぷり話すだろうし、きっと彼女も喜ぶはずだ。

楽しい時間だったが、子どもたちの帰りが遅くなりすぎるのはよくない。わたしは「さて――」と空気を読まない声を張り上げた。

「名残惜しいけどさすがにそろそろ終わろうか。最後に、今日の主役である隆之介から、ひと言」

「え？　なにを、言うんですか」

「なんでもいいよ。今日の感想でもいいし、これまでのことでもいいし」

隆之介はしばし考える素振りを見せたあと、ゆっくりと話しはじめた。

「とても楽しいイベントでした。本当に、本当に、楽しかったです。もうこんな経験はできないんじゃないかと思うし、間違いなく、今日のことは一生の思い出になると思います。

　ぼくのことを思って、みんながこんなすてきなイベントを企画してくれたこと、時間をかけて取り組んでくれたことも嬉しかったです。そしてなにより、みんなも楽しんでくれたことが嬉しかったです。

　四月から、ぼくは見知らぬ町に行きます。誰ひとり友達のいない状態からやり直しになります。ディスレクシアの克服に向けた取り組みを、本格的にはじめます。お父さん、お母さんともいっぱい話し合って、いっぱい考えて、いっぱい悩んで、これが自分にとっていちばんだと納得して、決めたことです。でもやっぱり、すごく不安はあって、すごく怖くて。

　でも、少し離れちゃうけど、この町にはこんなすてきな仲間がいるんだって思ったら、がんばれる気がします。今日は本当にありがとうございました」

頭を下げる隆之介に惜しみない拍手が送られた。

彼のスピーチを聞いて、わたしは鈍器で殴られたような衝撃を受けていた。

すばらしいスピーチだったから、だけじゃない。

先日、河端家で頼人の両親からジャッジを求められた。そのときに抱いた、釈然としない思い。その答えを見つけることができたから。

自分の下した結論は間違っていなかった。でも、正しくもなかった。わたしは自身の犯した過ちと、自分にも巣くっていた病巣に気づかされた。

わたしは、自分のやるべきことに思いを馳せていた。

第六話　ふたつの思い、ひとつの答え

前回と同じ、リビングにある木の風合いを生かした大きなテーブルを囲むソファにわたしは腰かけていた。テーブルの上には同様にコーヒーのそそがれたカップ。正義と真理子も前回と同じ配置で、斜め前に並んで座っている。違うのは、今回はふたりの前にもコーヒーカップが置かれていること。

わたしは再び河端家に来ていた。隆之介のイベントから二日後となる金曜日の夕刻である。

「本日はお時間を取っていただきありがとうございます」

頭を下げると、正義は「いえいえ」と手を振った。

「こちらこそ何度も来ていただいて申し訳ない。それで、前回のつづきというか、あらためて伝えたいこととはなんでしょうか」

正義は不安と興味がない交ぜになった口調でそう言った。真理子もまた、同じような表情をしている。

「はい――」つばを呑み込み、これから伝えるべきことを頭のなかで整理する。「前回、わたしにはジャッジできないと結論づけました。おふたりの主張はどちらも正しく、わたしが決めるべきではないと判断したんです。その決断はいまも揺らいでいません。ただ、わたしは大事な視点を見過ごしていました。自分でも本当に情けないです」

隆之介のスピーチで、あらためて気づかされた視点。

「ジャッジするのは、わたしではないです。同時に、おふたりでもないです。ジャッジするのは、頼人さんです」

「そんな！」真理子が悲鳴に似た声を上げる。「頼人に聞いたら、夫の言い分を支持するに決まってるじゃないですか。それじゃ意味がないですよ」

「意味がないことはないと思いますが」

「それはそうかもしれませんが、親は、子どもの将来を考えて、ときには嫌われ役になる必要もあると思うんです。子どもはやっぱり、いましか考えない。楽なほうに流れてしまう。だから親がきちんと決断を下さなきゃいけない場面があるんじゃないですか」

「おおむねおっしゃるとおりですが、一部については反論させてください。子どもは、大人が思うよりも大人です。ちゃんと自分の将来を考えられます。もちろん周りの大人が導く場面、導く必要はあると思います。けれど導くというのは、子どもの意見や感情を無視して命令すること、強制することではないはずです。そばに寄り添い、手助けすることじゃないですか」

「それは……」

真理子は苦虫を嚙みつぶしたような顔になった。

「いま真理子さんがおっしゃったことを否定しているわけではないんです。それはわかってください。そのうえで聞いてください。前回、頼人さんの未来について、三人で話し合いました。そのとき、わたしを含めてですが、頼人さんの意見を聞こうと誰も言わなかった。誰も思いつかなかった。それが最も重要な過ちだったと気づいたんです」

これまでにもわかっていたつもりだった。でも肝心な場面でわたしも、子どもの意見を聞くという視点を欠いていた。

隆之介は先日のスピーチで、四月からの東京行きを、転校を、自ら決断したことを話していた。両親といっぱい話し合い、いっぱい考え、いっぱい悩んだと。イニシアチブは彼自身にあった。

これがもし、親が勝手に転校を決めていたらどうなっただろう。よかれと思って下した決断で、その決断自体も間違っていなかった。でも、隆之介は納得できただろうか。

スピーチで語ったように、前向きな気持ちで転校できただろうか。東京に行って、つらい思いをしたとき、こんなことなら転校なんてしなけりゃよかったと思い、両親を恨んだりしないだろうか。自分で決められたら転校なんてしなかったのにと、逆恨みをしないだろうか。

隆之介は特別しっかりした子なので、そこまでうしろ向きな考えにはならないかもしれない。それでもやっぱり、親に決められるのと、自分で決めたことでは、やる気も、意欲も、必ず違ってくるはずだ。

謎解きゲームを通じて、子どもの強さ、可能性も再認識させられた。

シナリオの改変を提案した件もそうだ。未来屋は隆之介の力を、可能性を信じた。わたしは最初、信じきることができなかった。

「あくまで一般論として聞いてください。いま日本には、世界にも、子どもを巡るいろんな問題があります。その多くに共通してあるのは『子ども自身の意見がないがしろにされていること』ではないでしょうか。問題そのものにも、問題の改善策を巡る議論にも、です。

子どもは大人が導かなくちゃならない。たしかにその一面はあると思います。大人のほうが社会経験は豊かですし、一般的に知識も豊富です。大局的にものを見て、判断ができる可能性も高い。けれど本当にそうでしょうか。すべての大人が、すべての子どもよりも優れていると言いきれますか。

いずれにしても現状、あまりにも子ども自身の意見が無視されすぎやしないかと思うことが多々あります。学校もそうです。校則、行事、授業、そもそもとして学校のあり方。これは子どもの人権がないがしろにされてきた歴史に通じることだと感じます。子どもは、大人の言うことを聞いていればいいのだと。刃向かうな、逆らうな、考えるな、ただ従順であれ、と」

「そうなんだよ」と正義がテーブルに載せた腕に体重をかける。「学校は子どものためにつくられた場所じゃない。大人のためにつくられた場所だ。教師が、子どもを管理するためにつくった牢獄だ。校則を見りゃわかる。まさに拘束だ。学校の規則じゃなくて、縛りつけるほうの拘束だ。我慢、我慢、我慢、我慢。授業も、運動も、我慢を強いるものばっかりだ。学校は勉強を教える場所じゃない。子どもから思考能力を奪うための場所だ」

「さすがにちょっとそれは言いすぎですが……」

苦笑するしかない。正義の意見はちょっと過激すぎる。

「小学校の元教員として弁解させてもらいますが、現場の教員は本当にがんばっているんです。子どもたちに少しでも学校を快適に感じてもらいたい、少しでも勉強ができるようになってほしいと。教員になる人はみんな、学ぶことの価値や、喜びを知っている人たちなので」

少々美化している点は否めない。わたしを含めて、教員になる人の多くは社会のレールに乗れた人間、勉強ができた人間なので、その歪みはたしかにある。しかしいまはそこに触れるときではないだろう。

「ただ、教員ががんばらなくてはならないこと自体、システムに問題があるってことですよね。一部の校則などはたしかに、ただ我慢を強いるだけの無意味な、わたしも大いに疑問を感じるものがあります。子ども自身が納得できない我慢を強制しても、成長には繋がらないです。反発し、大人や社会に対する憎悪を募らせるだけです。自分で考え、納得し、自分で自分に強いた我慢しか成長には繋がりません。それは大人も子どもも関係ないです」

「でも……」真理子が口を開く。「我慢は、必要じゃないですか。みんな好き勝手には生きられないじゃないですか。だから我慢を覚えることも大事だと思うんですよ。頼人を見てると、大人だなって思うときもありますけど、いつまで経っても子どもだなって思うことのほうがはるかに多いですし。選択を頼人にまかせることには、やっぱり不安もあって」

「わかります。男の子はとくにかもしれませんけど、いくつになってもほんとガキだなって思いますよね」真司のことを思い出しながら笑いがこぼれる。「それでも、責任を与えると、立場を与えると、子どもであっても変わりますよ。大人になります。すぐには変わらないかもしれませんが、だからといって命令ばかりしていたら、いつまで経っても大人にはなれません。

おっしゃるとおり、我慢は必要です。でも、むしろいまの子どもたちは我慢ばかりを強いられていると思いませんか。校則もそうですけど、毎日学校に行って、決められた順番で、決められた教科を勉強して、決められた時間に食事をして、家に帰ってまで宿題をさせられて。ほんとすごいなと、小中高と、ほんとみんなよく我慢してるなって思います。

考えてみれば、ほとんどが大人の事情、経済的な事情、社会システムの都合ですよね。一年間で決められた学習をちゃんとこなせるなら、べつに学校に行かなくても、好きな時間に、好きな順番で、好きなように勉強したっていいはずです。好きな時間に食事したっていいはずです。もちろん運動とか社会学習とか話し合いとか、みんなで集まらなきゃいけない学習もあるでしょうけど、あまりにも縛りつけすぎだろと思うんです。大きくなるにつれて大人や社会に反発する子が増えるだけなんじゃないかって」

「それは、そうなのかも、しれませんが……」

真理子は苦しそうに眉根を寄せ、胸の前で両手をぎゅっと握った。

最後に、今日いちばん伝えたかったことを告げる。

「それに強制された決定と、自ら考えて決めたことでは、取り組む姿勢が、本気度が、まるで違ってくると思いませんか。もし親が一方的に決めたことでうまくいかなかったとき、どうなるでしょう。親を恨んで、やる気を失う危険があると思いませんか。それは親にとっても、子どもにとっても不幸なことです。

もちろん人によります、状況によります。だから一概には言いにくいのですが、やっぱり自分の未来は、自分で決めるべきだと思います。子どもであっても、です。そうすればうまくいかなくても、少なくとも納得はできます。納得ができれば、次に進める可能性も高くなるはずです。もちろん子どもが決断できるよう、必要な情報を伝えたり、入手する方法を教えたり、自身の経験を話したり、常に寄り添って手助けする必要はあります。でも、するのはそこまでです。子どもの未来は、親であっても決めちゃダメです」

一気に語った。渇きを覚え、コーヒーでのどを潤してから結論を告げる。

「まずは頼人さんの考えをしっかり聞く必要があるんじゃないでしょうか。不安もわかります。だからこうしませんか。ひとまずわたしと頼人さん、ふたりきりで話をさせてください。彼の本音を聞きたいんです。そして彼の意見を踏まえたうえで、あらためて考えましょう。変わらずわたしがジャッジすることはしません。いかがでしょう」

今日のアポイントメントを取るとき、頼人の在宅もお願いしている。

正義は満足げにうなずいていた。

真理子は眉をひそめてテーブルを睨みつけていたが、「わかりました」と絞り出すように告げた。強張った声音は不承不承というより、自身に言い聞かせているようだった。

「では、頼人の部屋に、お連れします」

——トン、トン。

部屋のドアがノックされる。ぼくは読んでいた漫画から顔を上げて、椅子をくるりと半回転させた。すぐに母さんの声がする。

「頼人、入るわよ」

「ああ、うん」

まっさきに思ったのは、早いな、という感想だった。両親と黒羽さんによる二回目の〝大事な話し合い〟はもう終わったのだろうか。

ドアが開けられると、母さんのうしろになぜか黒羽さんがいた。

「あのね、頼人。黒羽さんがいろいろ聞きたいことがあるらしいの。いまから、いいかな」

「うん。べつに、いいけど」

ふたりは視線を交わして小さくうなずいたあと、黒羽さんだけが残って母さんは去っていった。まるでわけがわからない。

「おじゃまするね。おお、さすが。すごくたくさん歴史の本があるなぁ」

ドアを閉めて部屋を見回しながら黒羽さんは言った。

「話し合いは終わったの？」

「ああ、まあ、まだ途中って感じかな」

「また、塾のこと？」

「そうとも言えるし、それだけではないとも言えるし」

曖昧な返事をして、黒羽さんは難しそうな顔をした。

でも、少なくとも前回は絶対にそうに決まっていた。塾の終わりかけに突然両親がやってきて、そのあとなぜか黒羽さんがうちに来たのだから。

大事な話し合いがあるからリビングには来ないようにと言われて、今日もそうだった。ぼくの塾通いについて両親のあいだでまたいざこざが起きて、黒羽さんが巻き込まれたのだろうと考えていた。そのときも、今回も、なにも聞かされなかったけれど、ほかに考えられない。

でも、べつにそれでよかった。なにも聞かされなかったということは、なにも変化がないということだ。変わらず塾には通えてるし、隆之介のイベントにも参加できたので、その点は安堵していた。

部屋にはほかに椅子がないからか、黒羽さんは床を指さしながら「座ってもいいかな」と聞いてきた。でも、ぼくが答える前にさっさと座り込む。べつにいいんだけど。ぼくも椅子から降りて床の上に座った。自分だけ椅子に座って話をするのも変な感じがしたからだ。

「先日はお疲れさま。すごくいいイベントになったと思うんだけど、頼人はどうだった？」

隆之介のイベントのことだろう。

「楽しかったよ。途中けっこう暇だったけど、そんなにすることはないから気楽だったし、死体役も悪くなかった。一條さんの役は、絶対無理だよ」

「彼女、すごかったよね。本物の子役みたいだった」

「うん。すっげぇ、と思いながら見てた。ほんとにおれ、殺されたんじゃないのかなって思ったくらい」

それは冗談としても、彼女はやっぱりなにかが違った。

ぼくが殺されるシーンも、誰も見ていなくてもシナリオどおりにおこなうことになっていた。それでもぼくなんかは照れくさくてへらへらしちゃってたけど、一條さんは違った。両手をうしろに隠して微笑みながら近づいてきて、ぼくの背中に一気に包丁を突き立てた。もちろん突き立てる〝ふり〟をしただけだ。持ち歩くのはさすがに危ないからと、彼女は包丁すら持っていなかった。けど、ちょっと狂気を感じたのだ。ほんとに殺されるんじゃないか、っていう。

みんながぼくの死体を発見したあと、全員がバックヤードに移動していき、またひとりきりになった。それからほどなく未来屋さんから「みんな事務室にいます。もうここでラストシーンになると思うので、こっそり入口から覗くといいですよ」とメッセージが届いた。

おかげで一條さんの犯人っぷりも、飯田の探偵っぷりも堪能することができた。最後のふたりのやり取りはすごかった。彼はずっと入口に背を向けていたので、ぼくの存在に気づいていなかったようだけれど。

「飯田もすごかったな。あいつの推理力はクラスでも有名だったけど、まさかこんなにすごいとは思わなかった。ほんとすげぇって思った」

「同感だ。あやまりたいくらいだったよ」

いまいち意味がわからない。

「で、黒羽さんが聞きたいことって、イベントの感想？」

「ああ、いやいや。雑談はさておき、そろそろ本題に入ろうか。先日、そのイベントの前だけど、今日みたいに話し合いがあったよね。ぼくと、頼人のご両親とで」

「うん、父さん母さんが塾に乗り込んできたあとだろ。どうせまたおれの塾通いで揉めたんだと思ってたけど」

「そのとおりだよ。でも話は頼人の塾通いにかぎらず、きみの教育方針にまで及んでね。それでぼくが調停役というか、どちらの考えが正しいかジャッジしてほしいって頼まれたんだ」

そういうことか……、と呆れる。あのふたりらしい。

「黒羽さんもいい迷惑だったね。適当にしとけばいいよ。これ以上、巻き込まれないようにさ」

「そういうわけにはいかないよ。それに、この件ではぼくも大いに学ぶことができたし。で、話を戻すけど、前回の話し合いではずいぶん悩まされてね。なにしろどちらの言い分も正しくて、ぼくは困り果ててたんだ」

「それおかしくない？　だってふたりが言ってること、まるで正反対じゃん。どっちも正しいなんて、ありえないよ」

「いや、それがそうでもないんだ。一見正反対に見えるけど、ふたりが向いている方向は同じなんだ。けれど……どう言ったらいいんだろうな、人生においてなにを重視するか、どこまでのリスクを許容するかの違いというか」

「よくわかんないんだけど」

「そうだよね。とにかく――」黒羽さんはひざを叩く。「悩んだ結果、ここにこうして頼人に話を聞きにきたってわけだ」

「どういうこと？」

本気でわけがわからず、ぼくは首をひねった。

「簡単な話だよ。さっきも言ったように、ふたりの話はどちらも正しくて、ぼくにはジャッジを下すことができなかった。だから前回は白旗を揚げて逃げ出したんだけど、そのあと気づかされたんだ。ぼくがジャッジを下す必要はなかったって。ジャッジを下すのは、頼人自身だってね」

「ちょ、ちょっと待ってよ！」

まるで信じられなかった。ぼくが決めるってことなの？

「父さんと母さんは納得してるの？」

「だね。納得してくれたとぼくは思ってる」

「子どもなんて自分勝手だし、楽することしか考えてないよ」

「それだけ自覚してるなら充分じゃないかな」黒羽さんは声に出して笑った。「持論だけど、無責任な立場の人間は、無責任なことしか言わないものさ。責任のある立場に置かれたら、人は責任感を持って行動する。自分に決定権がないと思っているから、子どもだって好き勝手なことを言うんだ。立場が人をつくる。責任を持つことで、人は成長する」

黒羽さんの言葉はわかるようでよくわからなかった。

さっ、と黒羽さんは小さく手を叩いた。

「前置きはこれくらいでいいだろ。そんなに難しく考える必要はないよ。ひとつずつ、順序立てて考えていこう。まず、率直に聞きたいんだけど、やりたくない勉強はしたくない？」

考える。答えはすでに自分のなかにあった気がしたけれど、なんとなく、簡単に答えちゃいけない感じがした。でも、そうやって考えていると、今度は自分の答えに自信が持てなくなってきた。

ぼくは、なにを望んでいるんだろう——。

しばらく黙り込んでいると、再び黒羽さんが口を開いた。

「まとまった、きれいな答えじゃなくていい。むしろ曖昧な答えでいいんだ。人間が抱く考えってのは、0か1かなんてきれいに分かれるものじゃないからね。考えてること、感じることを、そのまま教えてほしい」

うなずく。考えていることを声に出して説明したほうが、ぼくも考えがまとまるような気がした。

「前も言ったし、ずっとそうしてるけど、おれはやっぱり、したくないかな。だって、ぜんぜんおもしろくないし、よくわかんないし。でもみんな、嫌々ながらもやってることは知ってる。友達と話してて、自分だけ楽していいのかな、と考えることはある。父さんはそれでぜんぜん問題ない、って言ってるし、その言葉を信じてる。でも母さんは、そのやり方だと将来大変な目に遭うって言ってくるし。父さんの言うことを信じるのは、自分が楽したいからなのかなと思うことはある」

ぼくの話を聞きながら、黒羽さんは何度もうなずいていた。

「うん。すごくよくわかる。じゃあちょっと質問を変えよう。頼人は、将来どんなことをしたいと思ってる？　どんなこと、っていうのは仕事でもいいし、仕事じゃなくてもいい」

これもまた、自分のなかに答えはあった。でもそれもやっぱり、もやもやしているものだった。

「歴史について勉強したり、本を読んだりするのは楽しいから、ずっとできたらいいかなと思ってる。でも、大人になったら変わるかもしれない。どうなるかなんて、わかんないもん」

「たしかにそうだね。歴史を仕事にしたいとか、そういうことはまったく考えてないのかな」

「いまんとこ。だって、これが仕事になるなんて考えにくいし。ぜんぜんイメージが湧かない」

「たとえば歴史の研究者とかは？」

「そんなの仕事にならないでしょ。母さんはそう言ってるし、おれもそう思う」

そうだね、と黒羽さんはくつくつと笑う。

「仕事にならないわけじゃないけど、それ一本で食べていくのは難しい世界かもしれない。じゃあ仮に、ずっと歴史への興味が薄れなかったとしても、それは仕事ではなく、趣味としてつづけていけたらいい、って感じかな」

「まあ、そうかな。でも、もしそうなったら、少しは関係する仕事ができたらいいのかな、とは思うけど」

「なるほど。そうだな――」黒羽さんは腕を組んで考える。「たとえば、歴史資料館とか郷土資料館の館員とか、博物館の学芸員とか。あとは、そうだな、歴史関係の本を出してる出版社の編集者とか」

ぼくは、なるほどと思った。ぼんやり思っていただけで、そこまで具体的なことを考えたことはなかった。というか、いま、口に出して言ったことで、初めてそういう道もあるのかなと思ったような気もする。

だとすると――、と黒羽さんはつづけた。

「高校、大学に行って勉強したほうが、そういった歴史に関係する仕事に就ける可能性は高まるよね。とはいえ、だからいま勉強しなくちゃならない、ってわけじゃない。お父さんが言っているように、あとから取り戻すことはできるからね。もっともそれは可能性の問題でしかない。取り戻せないかもしれないし、取り戻すにしてもすごく苦労するかもしれない。みんなと同じように、こつこつやっておけばよかったと後悔するかもしれない。それを踏まえてもういちど聞くけど、頼人は、いま、やりたくない勉強は、したくない？」

さっきとまったく同じ質問なのに、質問の持つ重みが、まるで違うように感じる。考える。今度は頭のなかで考える。

さっきと違って、頭のなかだけでもちゃんと考えることができた。

今回、黒羽さんはじっと黙って待っていた。

「うん。やっぱり、やりたくないかな。どうなるかなんてわかんないけど、なんとなく、なんとかなるんじゃないかなって気もするし。父さんが言うように、やりたいことが決まって、そのためには大学に行ったほうがいいってなったら、そのとき勉強する。べつに大学とか関係なく、自分で勉強したいって思えば、するかもしれないけど。でもいまは、いいや。やりたくないのは、やりたくないよ」

黒羽さんはなぜか笑顔で、満足そうにうなずいていた。

「ありがとう。たぶんいまきみが考えたのが、人生においてなにを重視するか、どこまでのリスクを許容するかってことなんだと思うんだ。この件はこれでオッケー。つづけての質問なんだけど、いまきみは学校にはちゃんと通ってるよね。両親が話し合った末の、妥協の産物だとも聞いてる。率直に聞きたいんだけど、どうせなら学校にも通いたくないと思ってる?」

「うぅんと……」

さっきそうしたように、まずは感じていることを声に出してみる。そうしたほうが、自分の気持ちがはっきり見えるようだ。

「学校に行くのは、めんどくさいなーとは思う。やる気のない授業も受けなきゃいけないし、時間の無駄だなって思うし。体育とかも嫌いだし。ほかにもいろいろめんどくさいことは多いし。でも……うん、でも、もし本当に、学校に行かなくてもいいってなったら……怖い感じはする。友達と話したり、遊んだりするのは、そんなに好きってわけじゃないけど、それがまったくなくなったら、怖い気がする。なんか、取り残されたみたいな感じで。家でずっとひとりでいたら、落ち着かない気がする。

だから、まあ、学校に通うのは、つづけてもいいのかな。朝起きるのが苦手だったり、本気で学校やめたがってる奴もいるけど、そこまでって感じじゃない。学校に行くこと自体は……うん、そこまで嫌じゃないし」

言ってから、もういちど自分の心を確かめる。

うん。たぶん間違ってはいない。

ははは、と黒羽さんは笑った。

「そうするとけっきょく、頼人の考えとしては現状維持ってことになるよね。いままでどおり、変わらず」

「ああ、そっか。そういうことになるのか」

「べつに無理に変える必要はないからね。ぼくもそれでいいんだと思う。クロワッサン学習塾にも、変わらず通う方向でいいかな」

「うん。好きなことできるから、黒羽さんの塾は好きだよ」

「ありがとう――」

黒羽さんは照れたように言った。

べつに気を遣ってとかではなく、本音だった。

「学校の授業も全部、クロワッサン塾みたいだったらいいのにと思う。一日中、自分の好きな勉強だけを、好きにできるんだ。先生は、その勉強の手助けをしてくれるだけ」

「あると思うよ」

黒羽さんはそう言って、ぼくは「え？」と顔を上げた。

「探せばきっとある」黒羽さんは重ねてそう言った。不思議なほどに真剣な表情だった。

「いや、それじゃダメなんだろうな。探さなくても、そういう選択肢が当たり前にならなきゃいけないんだろうな。それ以外にも、もっとたくさんの選択肢が。いまは事実上、選択肢なんて存在しない。子どもが不登校になって初めて、親は別の選択肢を考える。それはやっぱりおかしい。なんでわざわざ子どもに、いちど挫折を味わわせる必要がある」

後半は完全に独り言だった。我に返ったように黒羽さんは「ごめんごめん」と恥ずかしそうに笑った。

「頼人自身の考えも整理できたようだし、それじゃいまからお父さんお母さんに、いまの話をもういちどしてくれるかな」

「ええ⁉」そんなの聞いてない。「嫌だよ。なに言われるかわかんないし」

「大丈夫。ふたりとも絶対に怒ったりしないし、頼人の言うことを尊重してくれる。ぼくが保証するから。同じことをもういちど言うのは難しいかもしれないけど、そこはちゃんとアシストするから。心配しなくていいし、難しく考えなくてもいい」

「まあ、うん……」

「大事なことなんだ。自分の将来のことだからね。それに今回だけじゃない。時間とともに考えが変わっていくのは当然だし、より具体的になることだってある。これからも自分の言葉で、自分の考えを伝えていかなくちゃならない。今日は、その第一歩だよ」

黒羽さんが立ち上がる。ぼくもまた、ゆるゆると立ち上がった。

理由はわからないけど、なんだか少し怖かった。

「尻込みするのはわかる」黒羽さんがぼくの肩に手を置いた。「自分で決めるというのは、大変だし、責任も伴う。不安だろうし、怖くもあるかもしれない。でも、これが大人になる第一歩だ。自分の人生は、自分で決めなくちゃならない。

ま、自分で決断することをしないまま、大人になっちゃった人も多いんだろうけどね。周りに流されるように教員になったぼくも、似たようなものだ」

少し悲しげに言って、つづけた。

「大丈夫。両親がそばにいる。手助けをしてくれる。おかしなことにはならないよう、必ず見守ってくれる。もし両親が頼りにならないなと思ったら、学校の先生に相談したっていい。ぼくに言ってくれてもいい」

「はい……」

ぼくはうなずいた。これまででいちばん、黒羽さんが大きく見えた。

「あ、これだけは覚えておいてほしい。お父さんにしろ、お母さんにしろ、そのほかの大人にしろ、もし決めつけるようなことをしてきたら、頼人の考えを誘導しようとしている気配を感じたら、警戒したほうがいい。そのときはすぐに、ぼくに確認するように」

半分笑いながら言って、ぼくも笑いながら「うん」と答えた。

それからぼくはリビングに行って、両親の前でさっきの話をした。黒羽さんが上手に助けてくれたので、さっきぼくのなかから出てきた思いは、うまく伝えられたと思う。母さんはやっぱり残念そうな顔はしていたけれど、いつもみたいに不機嫌そうではなかったし、ちゃんとぼくの言葉を聞いてくれた。学校には通いつづけたいと言ったとき、ほっとしたような顔をしていた。

そのあと黒羽さんは、先日のイベントの話をして、そのときに感じた思いを両親に語っていた。

「このイベントで、わたしは子どものすごさを思い知らされました。もちろんこれまでも知っていたつもりでしたが、再確認したといいますか。飯田隆之介さんの推理力、洞察力は大人顔負けで、最後の謎解きはただただ圧倒されました。一條茉由利さんの演技力もまた圧巻で、彼女にこんな才能があったのかと驚かされました。

残念ながらうちの息子の真司と、頼人さんがそのイベントで輝くことはなかったですけど、ふたりが持っている才能が発揮される状況ではなかった、というだけの話なんだと思います。子どもの持っている力を見つけ、引き出すのが、親にかぎらず、周りにいる大人たちの務めでもあると思うんです。幸い、頼人さんの才能は明らかです。夢中になれるものがあるというのは、すばらしいことです。紛れもないギフトだと思います。飯の種になるとかならないとかではなく、大切にしてほしいです。それは必ず、人生を豊かにする大事な糧となるはずですから」

とにかく、好きな歴史の勉強は迷わずつづけろ、という黒羽さんの応援だと理解した。嬉しかった。

このときは言わなかったけれど、決められた勉強を一方的に教えてくるんじゃなくて、自分のやりたい勉強を、やりたいだけできる学校が本当にあるのなら、それはやっぱりおもしろそうだと感じていた。

もうしばらくはいまのままつづけて、もし気持ちが変わらなかったら、父さんか、黒羽さんに相談してみようかと思っている。

不思議とこの日から、ずっと心の奥にあったもやもやした思い、不安とも不満ともつかない思いが、だいぶ軽くなった。

未来が、ちょっと楽しみになってきた。

「それでは本日のクロワッサン学習塾をはじめます。今年度もよろしくお願いします」

「よろしくお願いします」

三つの声が重なり合い、わたしは密かに「おっ」と思った。

これまでまるで聞こえてこなかった頼人の声がはっきり耳に届いたのだ。この塾のことは気に入っていると先日彼は言ってくれたが、これまではどこかめんどくさそうな雰囲気を放っていて、はじまりの挨拶もきちんと発声することはなかった。

先日の話し合いで、彼のなかに前向きな心境の変化が起きたのだとすれば嬉しいことだった。

「さて、春休みを挟んでけっこう久しぶりだよね。一ヵ月は空いたのかな。もうみんな五年生だ」

頼人はともかく、茉由利と真司はこの塾では宿題をすることが多い。長期休暇の時期もそうだ。やるべき宿題がないときは授業の復習や予習をすることもあったが、そういう日はかぎられていた。

そして春休みは基本的に宿題がない。そして学年が変わってクラス替えもあって、しばらくは落ち着かないだろうと、四月の下旬近くになってからの再開になった。

「えっと、三人のクラス分けはどうなったんだっけ」

真司が答える。

「ぼくと一條さんが同じクラスになった。頼人は別」

いつの間にか呼び方が「河端」から「頼人」に変わっている。

子どもってこういうのを自然とするよなぁ、と感心しつつ、ぽつんと空席になったテーブルを見やる。

隆之介は予定どおり東京の小学校へと転校していった。終業式を終え、引っ越しの前日、わざわざ親子三人で挨拶に来てくれた。

隆之介には新たな土地、新たな環境への順応とともに、ディスレクシアの克服という、けっして容易くはない挑戦が待っている。

しかしあの両親がそばにいれば大丈夫だろう、という安心感もあった。隆之介を全面的に信頼し、彼にとってなにが最善かを考えられる、あのふたりなら。

「さて、新年度ということで、この学習塾もはじまってからもう一年だ」

「え？」茉由利が怪訝そうに眉を寄せる。「はじまったの七月じゃん。一年は言いすぎじゃない？」

細かいなー。

「こういうのはだいたいでいいんだよ、だいたいで。四月は年度の区切りだしさ。とにかく、みんなも五年生になったわけだ。高学年だ。そろそろ、ぼんやりとでもいい、将来のことを考えてもいい時期だと思う。こういうのは早すぎるってことはないしな。

将来のことってのは大学に行くとか行かないとか、どんな職業に就きたいか、どんな分野に進みたいかでもいいし、もっと漠然とした、将来どんなことをしたいかでもいい。もっともっと漠然とした、どんな大人になりたいか、どんな生き方をしたいかってことでもいい。むしろそういう漠然としたもののほうがいい。そこから自分の未来図が見えてくると思うしね。

そこで提案なんだけど。この四月から、このクロワッサン学習塾は、自分のやりたい勉強をやる場所にしたいと思うんだ。どうだろう？」

三人とも絵に描いたようにぽかんとした顔をしている。しばし沈黙が流れ、それを打ち破ったのは頼人のぼんやりした声だった。

「え、それっておれはなにも変わらないんだよね」

「そうそう。そう説明すればわかりやすかったよな。頼人はこれまでどおりやってくれたらいい。逆に言うと、茉由利も、真司も、頼人のように好きなことをしてほしいと思ってるんだ」

「つまり……」茉由利は戸惑いつつ言う「宿題とか、学校の勉強はするなってこと？」

「するなってことじゃない。それがいまの自分にとって必要なことだと思えばやってもらっていいというか、なにをやっても自由なのはこれまでとなにも変わらないんだ。

ただ、はじまった経緯もあって、なんとなく学校の勉強とか宿題をやる場所、って感じになってたと思うんだ。ぼく自身も考えることなくそう思い込んでた。いつぞやも真司が、今日は宿題ないからなにしたらいいかって聞いてきたとき、授業の復習や予習をやればいいんじゃないかって答えてた」

学習塾とはそういうものだ、という思い込みもあったのかもしれない。〝個人学習の場〟と言いつつ、わたしの想定していた学習は〝学校の勉強〟に囚われていた。

「そうじゃなくてさ、もっと自由な学習の場でいいんじゃないかなって。演劇の勉強でもいいし、パソコンの勉強でもいいし、電車の時刻表を眺めたっていい。料理の勉強でもいいし、ファッションの勉強でもいいし、漫画や小説をかいたっていい。自分がなにに興味を引かれるか模索する時間にしてもいい。もっと広い意味での学習をする場、学校の勉強だけに囚われない、本当の意味での〝学習塾〟にしたいなと思うんだ」

きっかけは先日頼人の部屋で話していたときに得た気づきだった。

——自分がやりたい勉強、興味を持った分野の勉強だけを思う存分できる学校があったっていいじゃないか。

人は千差万別だ。社会に揉まれていない子どもはきっと、もっと千差万別だ。にもかかわらず、同じカリキュラム、同じシステムの学校にすべての子どもを押し込めようとしている。

現状でもほかの選択肢はある。いろんなフリースクールがあるし、一般的とされる学校とは違うカリキュラム、違う方針、違うシステムの学校だってある。けれどそれらを選択できるのは、よほど裕福な家庭か、親が進歩的な家庭にかぎられる。多くは子どもが不登校になって初めて、親の選択肢に入ってくる。子どもに挫折の烙印を捺して初めて。

最初から、何歳からだっていい、多様な選択肢を、多様な学習のあり方を、当たり前に、普通に、自由に選べればいいんじゃないか。合わないと思えば、求めるものが変われば、違うシステムの学校に移ればいい。

わかっている。とんでもない理想論だ。

実現しようと思えば、いろんな問題が出てくるだろう。お金の問題だってあるだろう。これが正解かと問われれば、やってみなくちゃわからない、としか答えられない。でもやっぱり、このままでいいとは思えなかった。不登校児の増加、学校の教員を巡る問題は、教育システムの制度疲労を報せる深刻なアラートだ。挫折を味わい、ドロップアウトする子どもを減らさなきゃならない。本来持っている能力を開花させる子どもを増やさなきゃいけない。それが少子化に突き進む日本に残された道。日本の未来につづく、細い道だ。

もちろんわたしに世界を変えるような大それた力はない。だからといって、それを言い訳にはしたくなかった。世界を変える力など誰も持ってはいないのだから。小さな変化が、何百、何千、何万と集まって、初めて世界は少しずつ変わっていく。

自分のできる範囲で、自分の手の届く範囲で、なにかを変えたかった。

「もちろん――」わたしはわかりやすく笑みを浮かべた。「いきなり言われても戸惑うよな。だから、あくまで〝提案〟だよ。だから当面はいままでどおり、学校の宿題や勉強をやってくれたらいいと思う。でも、いま言ったことは心の片隅に置いてほしいかなって。いずれは頼人みたいに、自分のやりたい勉強を見つけてくれると嬉しい。ぼくは全力でそのお手伝いをするから」

頼人と目が合う。彼は照れたように目を逸らした。

「はい」と真司が手を上げる。「学校の宿題はしなくてもいいってこと？」

「そんなことはひと言も言ってない」

「えぇー」

わたしはまだ頼人の父親のように割りきれなかった。いつか真司が本当にやりたいことを見つけて、学校の勉強は必要ないと思えたなら話は別だが、社会はそう簡単に変わってくれない。好むと好まざるとにかかわらず、ある程度は既存の教育システムに従わざるを得ない。

そんなものをぶち破って人生を切り開く力が息子にあると信じきれていないからだろうかと、思うところはある。

もう少し考えさせてほしいと、わたしはわたしに言い訳をしていた。

「いいと思う」茉由利が、にこりと笑ってくれる。「しばらくは宿題をすると思うけど、あたしも、穂花みたいに目指す場所を見つけたいなと思ってた。もし見つけたら、全力で手伝ってくれるんだよね」

「あ、うん、もちろん。とはいえぼくだって万能じゃないからね。どこまで手伝えるかは『ものによる』としか言えないけど、最善は尽くす」

「なんか急に、トーンダウンしてる」テーブルについた手に頬を載せながら頼人が言う。「歴史の知識は

おれよりぜんぜんないけど、漢字の読み方とか意味とかは教えてくれるから」

イートインが小さな笑いに包まれ、わたしもまた苦笑いしながら繰り返す。

「全力は、尽くすから」

教育とはなにか――。

この学習塾はその答えを見つける旅の出発点になるんじゃないかと予感していた。

二年目――実際は十ヵ月目――のクロワッサン学習塾で、その旅路を一歩進められたんじゃないかと、子どもたちの笑顔を見ながらわたしは思う。

文春文庫

クロワッサン学習塾（がくしゅうじゅく）
謎解き（なぞと）きはベーカリーで

定価はカバーに表示してあります

2024年5月10日　第1刷

著　者　伽古屋圭市（かこやけいいち）
発行者　大沼貴之
発行所　株式会社 文藝春秋

東京都千代田区紀尾井町3-23　〒102-8008
TEL　03・3265・1211㈹
文藝春秋ホームページ　http://www.bunshun.co.jp

落丁、乱丁本は、お手数ですが小社製作部宛お送り下さい。送料小社負担でお取替致します。

印刷・萩原印刷　製本・加藤製本

Printed in Japan
ISBN978-4-16-792218-4